Wir mögen Geschichten, die sich nah
am realen Leben orientieren.
Unsere Romane haben deshalb
als Grundlage immer ein wahres Ereignis,
um das wir die Geschehnisse drum herum erfinden,
genauso wie die Personen.
Es macht uns unbändigen Spaß, den Figuren
eine Existenz mit all ihren Facetten einzuhauchen.
Und wenn das Buch an Seiten zulegt,
wird es spannend, denn jede von uns
entwickelt zu einem dieser fiktiven Menschen
eine besondere Zuneigung ...

Viel Spaß!

Sylvia und Sigrid

♥ 1 ♥

Insas Telefon klingelte. Och nö, die Chefin! Nur ungern riss sie sich von ihrem gerade begonnenen Konzept los.

Sie hatte den Auftrag erhalten, das abendliche Sommerfest eines großen Düsseldorfer Unternehmens in einem parkähnlichen Garten zu planen.

So schwelgte sie gedanklich in sonniger Wohlfühlatmosphäre. Luftige weiße Baumwollvorhänge bauschen sich im leichten Sommerwind, während in den Bäumen platzierte, hübsche Lampionketten warme Farbakzente in den dunkler werdenden Abendhimmel schicken. Flackernde Windlichter und Vasen mit bunt gemischten Blumensträußen schmücken die weiß eingedeckten Tische, man hört fröhliches Lachen der sommerlich-leicht gekleideten Gesellschaft. Alles wird durch leise Musik untermalt.

Insa rieb sich kurz über die Augen, hob nach dem dritten Klingeln ab und schaute dabei durch das Fenster ihres Büros, an dem die Regentropfen in kleinen Schlangenlinien hinunterliefen. Der Himmel im Düsseldorfer *MedienHafen* präsentierte sich mit einer undurchdringlich grauen Wolkendecke, wie so oft im Februar.

»Linda hier«, hörte Insa. »Kommst du rüber in mein Büro? Und bring bitte Anke mit.«

»Alles klar.«

Schnell stand Insa auf, schnappte ihr Handy und steckte es in ihre Jeans, um dann ins Nachbarbüro zu eilen.

»Hey, Anke, die Chefin ruft.«

»Jetzt? Ach Mensch, ich bin ... aber hilft ja nichts.« Auch sie griff ihr Handy und beide machten sich gemeinsam auf den Weg zum Ende des Flures.

Dort lag das große Eckbüro der Geschäftsleitung, das den Blick auf die beeindruckenden Gehry-Bauten mit den schiefen Türmen und scheinbar kippenden Wänden freigab. Insa mochte dieses Büro, zumal man von hier aus ebenfalls aufs Wasser schauen konnte. Der alte Rheinhafen hatte sich, allerdings schon lange vor ihrer beruflichen Zeit in Düsseldorf, in ein modernes Viertel verwandelt, wo sich angesagte Gastronomie tummelte und schicke Boote dümpelten.

Die Nähe des Wassers tat ihr immer gut – kein Wunder, sie war ein norddeutsches Küstenkind, aufgewachsen in Cuxhaven.

Die Tür des Büros stand offen, deshalb traten sie mit einem einfachen »Hallo« ein.

Linda Herz saß hinter ihrem Schreibtisch und deutete mit dem Zeigefinger auf das komfortable Leder-Ecksofa. »Nehmt bitte Platz. Bin sofort bei euch. Kaffee?«

Insa und Anke nickten.

Linda griff zum Hörer, bat ihre Assistentin um

Kaffee und Gebäck, raffte einige Unterlagen zusammen, schnappte ihr Tablet und gesellte sich zu ihnen.

Insa betrachtete sie fasziniert. Ihre Chefin war das typische Bild einer Düsseldorfer Karrierefrau. Designer-Outfits, High Heels, perfektes Make-up und stets eine Hochsteckfrisur. Noch nie hatte man sie mit offenen Haaren gesehen. Ihr Alter von sechsundvierzig sah man ihr keineswegs an. Vielleicht lag es aber mit daran, dass sie sich in ihrer knapp bemessenen Freizeit einen Personal Trainer gönnte, der sie top in Form hielt. Eine Nageldesignerin sorgte regelmäßig für die Schönheit ihrer Fingernägel und auch ihre Wimpern wurden stets neu verlängert und aufgefüllt. Aber sie hatte noch etwas, das nicht ihr schönes Äußeres betraf: Charisma. Linda Herz konnte Menschen durch ihr sympathisches Wesen wie der Blitz für sich einnehmen.

»Es geht um die Messebekleidung«, erläuterte die Chefin. »Wir sollten sie gemeinsam aussuchen. Ich brauche jetzt euer Feedback und eure aktuellen Größen. Ich will den Auftrag diese Woche rausschicken. Deshalb bitte demnächst nicht mehr so viel futtern, damit alles passt«, feixte sie.

»Ach herrje!«, stöhnte Anke. »Bei mir ist der Adventsspeck noch dran! Das macht eine Größe, wenn es nicht kneifen soll. Aber bis zur Messe ist ja nicht mehr lange, ich weiß nicht, ob ich das hinbekomme.«

»Dann nimm die Nummer größer, falls du es nicht schaffst, die Kilos runterzuhungern.«

»Natürlich schaffe ich das!«, empörte sich Anke, die ständig mit den elenden Jojo-Effekten von verschiedenen Diäten kämpfte, die sie stets hoffnungsvoll ausprobierte. »Ich will neben euch nicht aussehen wie eine Kegelrobbe.«

»Kegelrobben haben schöne Augen und einen lieben Gesichtsausdruck.« Insa kicherte.

»Na toll! Für einen hinreißenden Messeauftritt und das Abfischen von Erfolg verheißenden Aufträgen wird das nicht reichen.«

»Kegelrobben können übrigens prächtig fischen«, neckte Insa.

Assistentin Gaby jonglierte ein volles Tablett herein. »Ich habe euch Schokokekse mitgebracht. Eine brandneue Sorte, vorgestern beim Einkauf entdeckt. Unheimlich lecker!«

»Genau das Passende für Anke«, kommentierte Linda trocken.

»Nimm sie am besten gleich wieder mit«, tönte Anke, schielte aber dennoch mit einen interessierten Blick auf den Teller. »Oh mmh ...«, ihre Augen wurden prompt größer, »da sind ja richtige Schokotropfen drauf.«

»Sag ich doch, echt gut.« Gaby verließ das Büro und ließ Anke mit einer Mischung aus hungrigem und verzweifeltem Gesichtsausdruck zurück.

Insa nahm einen Keks und biss hinein. Absichtlich theatralisch stöhnte sie auf. »Göttlich!«

Da konnte sich Anke nicht mehr beherrschen, mopste blitzschnell den größten der Schokokekse, schloss für einen genussvollen Moment die Augen, als sie ihn anknabberte und begann sofort, sich zu rechtfertigen. »Nur einen. Als Test. Um mitreden zu können oder um zu wissen, was ich nicht kaufe. Nur deshalb.«

Die Chefin und Insa sahen sich an und prusteten los.

»Ihr seid echt gemein.« Trotzdem knusperte Anke genüsslich am Rand des Kekses entlang. »Außerdem muss ich ja wissen, ob ich sie empfehlen kann. Oder kaufe, für Besuch.«

»Ganz wichtig ist das, Anke, gaaanz wichtig!« Der ironische Unterton von Insa sprach Bände.

»Ach Mensch, schuld daran sind schlicht die Wochenenden.«

»Wieso?« Linda sah sie fragend an.

»Die gesamte Woche kasteie ich mich mit fettarmem Joghurt, Magerquark, Rohkost-Gemüse mit Kräuterdip, trinke Tee, Kaffee und Wasser. Und am Wochenende denke ich immer, jetzt muss ich mich belohnen, ist doch Weekend. Leckeres Essen, ein gutes Glas Wein, man will ja unterm Strich was vom Leben haben! Sonst stirbt man und hat all die Jahre versucht, sich in Größe 36 zu quetschen.«

»Genau. Und keinen hat's interessiert«, warf Insa augenrollend ein. »Und ehrlich, so ganz mit dem Kasteien innerhalb der Woche stimmt nicht wirklich, denke ich an deine Schreibtischschublade unten links.«

Anke fühlte sich ertappt. »Die ist nur für Notfälle da, wenn der Kreislauf zwischendurch schlappmachen sollte.«

»Dein Kreislauf macht also mehrmals die Woche schlapp, wie? Warum sonst füllst du die dann montags regelmäßig auf?«

»Tu ich überhaupt nicht!«, entrüstete sie sich.

»Doch.«

»Nein!« Anke warf Insa einen ärgerlichen Blick zu. Musste sie das vor der Chefin ausplauschen? Nachher schaute sie nach Feierabend in ihre Schublade! Das fehlte noch!

Linda hatte jedoch anderes im Sinn. »Das ist zwar alles sehr interessant, aber werft eure geschulten Augen jetzt bitte auf die Entwürfe der Schneiderin«, wechselte sie das Thema. »Zur Auswahl stehen ein Kleid, ein Hosenanzug oder Rock und Bluse.«

»Rock und Bluse finde ich langweilig«, bemerkte Insa.

»Aber nicht das Kleid!«, wehrte Anke sofort mit Entsetzen ab. »Das Ding ist hauteng! Und dieser Apricot-Ton. Da sieht man unweigerlich aus wie eine pralle Fleischwurst in der Pelle.«

»Ja, aber die Billige«, kicherte Insa. »Da darf man sich tagsüber nicht mal einen Kaffee gönnen – und eine Mahlzeit erst recht nicht, wenn sie überhaupt bis unten rutscht und nicht bereits im Brustbereich stecken bleibt.«

Linda betrachtete das Bild kritisch. »Hm, ich will auch nicht unbedingt darben.« Sie klickte den Entwurf weg. »Und der Hosenanzug?«

»Nicht schlecht.« Anke hatte aber noch einen Verbesserungsvorschlag. »Die Messe ist in ein paar Wochen. Ich finde Schwarz zwar edel, jedoch sollten wir dem Frühling Rechnung tragen und uns eher mit Farbe präsentieren. Wir haben schließlich eine bunte Palette mit diversen spannenden und interessanten Angeboten.«

»Welcher Ton würde euch denn gefallen?« Linda rief eine Farbpalette auf.

Ein Handy klingelte. Es war Insas. Sie warf einen Blick aufs Display und stutzte.

»Oh, mein Vater. Das ist ungewöhnlich. Kann ich kurz annehmen?« Sie sah Linda fragend an.

»Selbstverständlich.«

Insa stand auf und wanderte samt Handy zu den großen Fenstern mit Blick auf den *MedienHafen.*

»Hallo Papa, was für eine Überraschung! Ich wähnte dich irgendwo bei den Kanaren.«

Ihr Vater Jens Jakobsen, Kapitän eines Kreuzfahrtschiffes, meldete sich im Normalfall nur telefonisch, wenn er von Bord ging oder zu Hause in Cuxhaven war.

Sie hörte ihrem Vater zu und vernahm im Hintergrund die leisen Stimmen von Linda und Anke, während vor ihren Augen das Bild des trüben Februar-*MedienHafens* durch die aufsteigenden Tränen verschwamm.

Insa drückte das Gespräch weg und ließ ihre Hand langsam sinken. Sie drehte sich zu den beiden.

»Linda«, sagte sie leise und ihre Stimme zitterte. »Kann ich bis zum Wochenende Urlaub bekommen?«

♥ 2 ♥

Insa war auf dem Weg nach Cuxhaven. Die ersten zweihundert Kilometer fuhr sie wie in Trance die Strecke auf der A1 zur Küste hoch. Nun wurde ihr deutlich bewusst, dass sie bereits in Höhe Osnabrück war.

Der windgepeitschte Regen prasselte unaufhörlich gegen ihre Windschutzscheibe, während die Wischer auf höchster Stufe einen Mammutjob ableisteten. Die Fahrt war anstrengend geworden. Sie fuhr eh nicht gern bei Dunkelheit, schon gar nicht in Kombination mit Regen. Die Abstände zu anderen Autos empfand sie als unangenehm schlecht einzuschätzen.

Im rechten Blickfeld erschien ein großes blaues Autobahnschild und kündigte einen Rasthof in fünf Kilometern an. Hier würde sie eine Mini-Pause einlegen, eine Kleinigkeit essen, einen Kaffee trinken, um dann gestärkt weiterzufahren.

Vielleicht hatte ihr Vater etwas übertrieben. Sicherlich war es nicht ganz so schlimm mit Großvater, versuchte sie sich selbst Mut zu machen. Er war zwar in den letzten Jahren mehrfach im Krankenhaus gewesen, hatte sich jedoch stets gut erholt. Sie sah ihn vor sich, den großen Mann mit dem noch vollen, aber weiß gewordenen Haar, dem Vollbart und den dunkelblauen, blitzenden Augen, welche die charakteristischen tiefen Seemanns-Fältchen drumherum aufwiesen.

Ein bisschen plagte Insa das schlechte Gewissen. Fast zwei Jahre war sie nicht mehr in Cuxhaven gewesen. Oh Mensch, wie doch die Zeit vorbeisauste! Gründe hatte sie genug gefunden, um nicht fahren zu müssen. Termingebundene Projekte, Geschäftsreisen, Feiern mit Freunden. Und es gab noch Martin. Mit ihm war sie seit vierzehn Monaten zusammen. Die Urlaubstage verbrachten sie gern im Ausland, somit blieb keine Zeit für Besuche in Cuxhaven.

Insa war einst regelrecht geflohen aus der Küstenwelt, von der sie glaubte, sie sei ihr viel zu klein. Eine größere Stadt mit mehr Bedeutung sollte es sein.

Nach ihrem Studium Tourismus-, Hotel- und Eventmanagement hatte sie in der Medien- und Universitätsstadt Düsseldorf sofort einen gut dotierten Job gefunden, der ihr zusagte. Außerdem gefiel ihr die Lage Düsseldorfs am Wasser. Es war zwar nicht die Mündung der Elbe in die Nordsee, die ihre Heimatstadt Cuxhaven charakterisierte, aber der Rhein war auch schön.

Bei gutem Wetter saß sie des Öfteren an seinem Ufer und schaute den Schiffen zu, die sich rheinabwärts schlängelten oder rheinaufwärts kämpften. Der Rhein, Deutschlands meistbefahrene Wasserstraße, bot reichlich fürs Auge und fürs Herz. Das war wichtig für sie, denn einmal Küstenmädel, immer Küstenmädel, stellte sie zu ihrem Erstaunen im Laufe der Zeit fest.

Oft hatte sie gemeinsam mit Mama und Oma an den Sandstränden von Duhnen und Döse oder an der Grimmershörnbucht gesessen, ob nun bei Sonnenschein, heftigem Wind, bei Ebbe oder Flut. Die Gezeiten waren nie wichtig gewesen, sondern der Blick in die Ferne auf die Schiffe, denn auf diesen Riesenpötten schipperten ihr Vater und ihr Großvater als Kapitäne über die Weltmeere.

Sie hatte eine unbeschwerte Kindheit erlebt, die Klassenkameraden waren auch die Freunde. Man spielte hauptsächlich draußen, mehr oder weniger gut eingepackt. Die Pubertät sortierte dann die Freundschaften.

Nach dem Abitur verstreuten sich ihre Klassenkollegen in alle Winde, die meisten verließen Cuxhaven, um ein Studium zu beginnen. Ihre damals beste Freundin Juliane zog es nach London und der Kontakt war zwischenzeitlich leider eingeschlafen. Sie selbst blieb unschlüssig zurück und überbrückte diese Zeit mit einem Sommerjob bei einem Freund der Familie, der einen Strandkorb-Verleih betrieb und dankbar war, dass ihm jemand in der Saison tatkräftig zur Hand ging.

Danach allerdings fiel ihre Entscheidung für ein Studium weit weg von daheim. Sie wollte Großstadtflair um ihre Nase wehen haben mit all den Verlockungen und Andersartigkeiten, die ihr die See in ihren Augen nicht bot. Hier ging alles seinen gewohnten, althergebrachten Gang. Es durfte in Zukunft etwas spritziger sein!

Sie hatte das erste Studienjahr hinter sich, als völlig unerwartet ihre Mutter starb. Kein halbes Jahr später verlor sie auch ihre Großmutter nach kurzer, schwerer Krankheit. Nun waren ihr Vater und Großvater allein, beide am Boden zerstört. Sie versuchten, es vor Insa zu verbergen, bemühten sich um Stärke, aber Insa kannte sie zu gut, um das nicht zu bemerken.

Ihr schlechtes Gewissen schlug Alarm. Warum war sie nicht wenigstens zum Geburtstag ihres Großvaters nach Hause gefahren?

Sogar das letzte Weihnachtsfest vor wenigen Wochen veranlasste sie nicht, einmal kurz nach Cuxhaven zu düsen, sondern sie verbrachte es recht elitär mit Düsseldorfer Freunden. Die Präsente schickte sie per Paketdienst.

Ihr Großvater verstand es. Oder hatte er das einfach nur gesagt?

Das würde sie in Zukunft anders handhaben. Ihr Martin konnte schließlich mitkommen.

Insa bog in den Rastplatz ein. Sollte sie nur zur Toilette laufen und gleich weiterfahren?

»Komm besser sofort. Ich gehe heute noch von Bord«, hatte ihr Vater kurz und knapp geantwortet, als sie ihm sagte, sie würde sich Freitag nach Büroschluss auf den Weg machen.

Diese besorgten Worte ließen Insa vor Chefin Linda und Kollegin Anke ein bisschen dramatisieren. »Mein Großvater liegt im Krankenhaus, es geht ihm gar nicht gut. Mein Vater kehrt außerplanmäßig nach Cuxhaven zurück.«

Linda brachte ihr vollstes Verständnis entgegen. »Sieh zu, dass du fix Richtung Heimat kommst.«

Weniger Einfühlungsvermögen hatte ihr Freund Martin aufgebracht. Der war in dieser Woche zu Hause, um seinen Resturlaub abzufeiern und sich auf Sport zu konzentrieren, hatte er Insa gegenüber erklärt. Sie war ein bisschen angepickt, nicht gefragt worden zu sein, ob sie ebenfalls ein paar Tage freinehmen könne, um einen Großteil der Zeit gemeinsam zu genießen. Und jetzt, wo sie die Hälfte der Woche, wenn auch überraschend, nicht mehr ins Büro musste, verhielt er sich erstaunlich kühl.

»Es ist okay, dass du fahren willst, aber ich komme nicht mit«, lehnte er ihre Bitte ab, sie zu begleiten. »Weißt du, Mäuschen, das ist doch eine Familiengeschichte. Ich kenne deinen Großvater gar nicht und möchte da keinesfalls im Krankenhaus auflaufen. Ich denke, das würde er ohnehin nicht wollen.«

»Aber du könntest meinen Vater kennenlernen, der nach Cuxhaven zurückkehrt.«

»Ein andermal, Mausi. Wann hast du gesagt, planst du zurückzukommen? Sonntag? Dann habe ich mein straffes Sportprogramm durchgezogen. Vielleicht kannst du mittags zurücksein, somit haben wir noch den Restsonntag für uns. Es ist jetzt Mittwochabend, lange Zeit müssen wir ja nicht aufeinander verzichten. Ich lade dich Sonntagabend zum Essen ein. Lass uns in unser Lieblingsrestaurant in die Altstadt gehen. Ich bestell einen Tisch, okay?«

Da Insa nicht wusste, was sie in Cuxhaven erwartete, konnte sie gar nicht sagen, ob ihr Sonntag der Sinn nach einem Restaurantbesuch stand. Aber sie hatte keine Lust, das jetzt zu diskutieren. Daher stimmte sie zu.

»Kommst du denn noch vorbei, mich verabschieden?«, fragte sie hoffnungsvoll.

»Du, das schaffe ich nicht mehr. Ich treffe mich gleich mit Micha im Sportstudio. Aber ich drück dich fest und schick dir einen Kuss. Du verstehst das doch?«

Als sie nicht antwortete, gab er klein bei. »Okay, du hast recht, sorry. Ich war ein bisschen überrumpelt. Natürlich komme ich gleich auf dem Weg zum Studio vorbei.«

Wenigstens das, wenn er schon nicht mitfuhr.

Aber möglicherweise hatte er gar nicht unrecht, sie würde eh viele Stunden im Krankenhaus verbringen, denn sie blieb nur eine kurze Zeit vor Ort.

Tatsächlich war Martin binnen einer halben Stunde bei ihr und nahm sie tröstend in die Arme.

»Mach dir keine großen Sorgen. Das wird schon wieder.«

Zusammen verließen sie Insas Wohnung. Martin trug ihr die Reisetasche zum Auto. Nachdem er ihr noch eine gute Fahrt gewünscht hatte, machte sie sich besorgt auf den Weg. Er winkte lächelnd.

Insa dagegen musste den Dämpfer, dass er sie allein in die Nacht fahren ließ, erst einmal schlucken.

Unangenehm empfand sie die Dunkelheit, aber wenigstens war die Autobahn einigermaßen gut befahrbar. Die Mehrzahl der Lkw hatten ihre Rastplätze gefunden, die Hauptverkehrszeiten der Büro- und Geschäftsangestellten waren vorbei. Lediglich die elenden Baustellen erwiesen sich als Störfaktoren, genauso wie der heftige Regen.

Insa starrte angestrengt durch die Windschutzscheibe, bis sie auf den Rastplatz abbog. Mensch, alle Parkplätze besetzt! Aber da leuchtete sie ihr doch entgegen, die einzige Parklücke nahe dem Eingang der Raststätte. Glück gehabt!

Einen Schirm hatte sie nicht mit, er wäre sowieso wegen des heftigen Windes unbrauchbar gewesen. Sie schlug die Kapuze hoch und rannte los. Im Eingangsbereich der Raststätte schüttelte sie den Regen ab.

Zuerst suchte sie die Toilette auf, um dann zu schauen, was es Essbares gab. Mit Ausnahme des im Büro verschnabulierten Schokokekses hatte sie heute noch nichts gegessen. Und im Krankenhaus war die Cafeteria geschlossen, da sie mitten in der Nacht eintraf.

Ein Schild *Tagessuppe – Linseneintopf mit Würstchen* leuchtete ihr entgegen. Sie sah auf die Uhr, ein bisschen spät für den Knaller des Tages, aber sie fragte trotzdem danach.

»Junge Frau«, strahlte sie die ältere Dame an, »damit machen sie rein gar nichts verkehrt. Eintopf wird umso besser, je länger er steht.«

Dieser Spruch erinnerte Insa an ihre Großmutter, die das ebenfalls behauptet hatte. Deshalb bestellte sie und sah erfreut, wie ihr die nette Bedienung einen Extraschlag in den Suppenteller gab.

Die Raststätte war wohltuend wenig besucht und sie jonglierte ihr Tablett zu einem Platz am Fenster. Während sie die heiße Suppe so schnell wie möglich löffelte, sah sie zu, wie der Wind die dicken Regentropfen nach wie vor mit unverminderter Kraft gegen die Scheibe klatschte.

Sie schrieb ihrem Vater eine WhatsApp, sie sei auf halber Strecke. Die Antwort erreichte sie unmittelbar.

Bin im Zimmer bei Opa in der Kardiologie. Er wartet auf dich.

Er nannte ihr die Station sowie Zimmernummer und fügte noch hinzu:

Fahr vorsichtig

Sie tippte

Klar doch

Insa stammte aus einer alten Seefahrerfamilie, Ururgroßvater Fischer, Urgroßvater, Großvater und Vater: allesamt Kapitäne.

Als Kind hatte sie sich immer vorgestellt, dass ihre Vorfahren einst Piraten gewesen seien, aber natürlich heldenhafte Räuber à la Robin Hood, die ihre fette Beute an Bedürftige verteilten. Das entlockte ihr ein verhaltenes Lächeln. Wie einfach Kinder doch die herbe Realität ausklammern konnten!

Schade, dass sie erst jetzt und aus traurigem Grund ihre Heimat wiedersah. Ihr Großvater würde sich auch dieses Mal erholen, daran hatte sie keinerlei Zweifel. Er war ein kräftiger, widerstandsfähiger, wettergestählter, ehemaliger Seemann.

»Angelandet«, sagte er stets mit einer Mischung aus Zufriedenheit und Bedauern. Über fünfzig Jahre hatte er dem Meer die Treue gehalten, die meiste Zeit davon als Kapitän. Das raue Meerklima hatte ausgeprägte, lange Falten in sein Gesicht gegraben, die sich nochmals vertieften, wenn er lachte. Und plötzlich bemerkte sie, wie sehr ihr dieses herzliche Lachen fehlte.

Wann hatte sie das letzte Mal mit ihm telefoniert? Sie kramte in ihrem Gedächtnis. Es war zum Jahreswechsel, also sechs Wochen her. Sie nahm sich vor, ihren geliebten Großvater in Zukunft regelmäßig anzurufen.

Es war gut, dass sie nach Hause fuhr. Nur bedauerlich, dass sie es alleine tat. Martin neben ihr wäre eine Beruhigung gewesen. Und sie hätte ihn gerne ihrem Vater und Großvater vorgestellt.

Insa warf einen Blick auf ihre Armbanduhr. Eine knappe Viertelstunde war vergangen, seitdem sie hier am Tisch saß. Sie kratzte den letzten Löffel Suppe aus dem Teller. Wenigstens war sie jetzt satt, das nahm ihr einen Teil der nagenden Nervosität und inneren Unruhe. Hui, jetzt eilig weiter!

Sie würde ein bisschen auf die Tube drücken, um die Zeit wieder reinzuholen. Aber das schlechte Wetter und die vielen Baustellen machten ihr einen Strich durch die Rechnung.

Es wurde besser, als sie am Bremer Kreuz auf die A27 abbog. Die war wohltuend wenig befahren, verglich man sie mit der A1. Zur jetzigen Nachtstunde konnte sie die Autos zählen.

Als sie an der Ausfahrt Debstedt/Wremen vorbeifuhr, klopfte abermals das schlechte Gewissen an. In Wremen lebte ihre Tante Becky, Mamas Schwester. Insa hatte in ihrer Kindheit viel Zeit bei ihrer Tante verbracht und tobte damals zu gerne mit ihren beiden Cousins an den Deichen entlang.

Was machten die zwei jetzt? Einige Jahre waren vergangen, seitdem sie ihre Cousins das letzte Mal gesehen und gesprochen hatte. Irgendwie hatten sich die Interessen nach dem Teenie-Alter in unterschiedliche Richtungen entwickelt.

Ich schiebe es gar nicht lange raus, nahm sie sich vor, sondern rufe Tante Becky in den nächsten Tagen an.

Tausend angenehme Erinnerungen kamen hoch, unzählig wie die dicken Regentropfen, die nun gleichmäßiger fielen, da der Sturm etwas nachgelassen hatte. Erstaunlich. Normalerweise war es umgekehrt, der Wind wurde heftiger, je näher man der Küste und dem Meer kam.

Kaum hatte sie das gedacht, erfasste eine Böe ihr Auto und drückte sie ein wenig seitwärts. Und dann tobte der Sturm mit ungebremster Kraft weiter. Er hatte nur kurz Anlauf genommen.

Willkommen an der norddeutschen Küste.

♥ 3 ♥

Insa fuhr auf das Gelände des Krankenhauses. Jetzt, kurz vor Mitternacht, konnte man sich einen Parkplatz aussuchen.

Zum Öffnen der Wagentür benötigte sie Kraft, der Sturm schien es verhindern zu wollen. Gegen den Wind, der ihr erbarmungslos die Kapuze ihrer Jacke vom Kopf riss, rannte sie die wenigen Meter zur Pforte und klingelte. Trotzdem waren ihre Haare bereits an Stirn und Hals geklatscht und die Jeans an den Oberschenkeln durchnässt. Sie wechselte von einem Bein auf das andere, bis endlich jemand kam, der sie einließ.

Insa erklärte die Situation, gab den Namen ihres Großvaters an und fragte nach dem Weg in die Kardiologie.

Die Beklommenheit stieg, je weiter sie die verlassenen Gänge entlanglief. Fast empfand sie ihre Schritte als zu laut und störend. Deshalb bemühte sie sich, leiser aufzutreten.

Flink angelte sie im Laufen ihre Bürste aus der Handtasche und kämmte die nassen Haare nach hinten. Als sie die Bürste zurückstopfte, berührten ihre

Fingerspitzen etwas Glattes. Das Döschen mit den Pfefferminzdragees! Frischer Atem, oh ja! Sie fischte es heraus und steckte zwei der winzigen Bonbons in den Mund.

Dann war das Zimmer erreicht. Insa klopfte höflich an und trat ein.

»Moin, Papa, moin Opa, da bin ich.« Sie streifte ihre Jacke ab und hing sie über den Stuhl. Eine Antwort blieb aus.

Ihr Vater saß am Bett und hielt die Hand des Großvaters.

Erst jetzt bemerkte Insa, dass ihr Vater noch seine Uniform trug, die Kapitänsmütze lag auf dem Beistelltisch neben einem Telefon und einer Flasche Wasser. Somit war er ohne Umwege an Großvaters Krankenbett geeilt.

Stumm sah er sie an, eine Träne lief lautlos seine Wange hinab.

Insa fuhr der Schreck wie ein Blitz durch den Körper. Sie trat näher und fixierte das ruhige und entspannte Gesicht ihres Großvaters. Nein, bitte nicht!

»Du bist eine Viertelstunde zu spät, Insa.«

Sie hatte ein leichtes Beruhigungsmittel nach ihrem Zusammenbruch bekommen. Ihr Schluchzen wollte kein Ende nehmen, die Übelkeit war fürchterlich.

Gemeinsam verließen sie anderthalb Stunden später das Krankenhaus. Es hatte aufgehört zu regnen, aber der Wind fegte nach wie vor mit unverminderter Kraft. Die Beine trugen Insa kaum zum Auto, sie fühlte sich wie ein Roboter, so geschockt war sie über den Tod ihres Großvaters.

»Am besten, du fährst mit mir und lässt den Wagen stehen«, schlug ihr Vater vor. »Wir holen ihn später.«

»Nein. Es ist ja nicht weit. Das schaffe ich.«

»Bist du sicher?«

»Absolut. Fahren wir zu dir?«

Sie bemerkte, dass ihr Vater leicht stutzte, bevor er antwortete. »Nein, zu Opas Haus.«

Insa holte ihre Reisetasche aus dem Kofferraum und folgte ihrem Vater in das alte Kapitänshaus ihrer Großeltern, das einen Teil ihrer Kindheit geprägt hatte.

Die kalte nasse Nachtluft roch salzig nach dem fußläufig entfernten Meer. Zu Hause, war ihr erster Gedanke, welcher die grausame Situation ein winziges Bisschen abmilderte. Und doch war es jetzt für immer anders. Großvater würde nie wieder in der alten Holztür stehen, um sie zu begrüßen. Wie surreal das alles war – und wie verdammt weh das tat! Eine schmerzhafte Klammer legte sich um ihr Herz.

Sie stand kurz still und blickte auf das Gebäude. Das Erdgeschoss zeigte sich unverändert. Aber im Obergeschoss erkannte man Dekorationen in den Fensterscheiben, die Gardinen waren verschwunden. Was war da passiert? Anscheinend wollte Opa es ein bisschen moderner für sie gestalten, denn war sie bei ihm, übernachtete sie grundsätzlich im ersten Stock.

Dort hatten ihre Großeltern zu Beginn ihres Studiums eine Wohnung für sie eingerichtet. Sie benötigten nach eigener Aussage nicht mehr viel Platz im Alter. Insa hatte angeregt, sie sollten die Wohnung doch als Ferienapartment vermieten, das gäbe zusätzliche Einnahmen, zumal dieser Streifen der niedersächsischen Küste im Sommer von Touristen nur so wimmelte. Aber ihre Großeltern hatten lächelnd abgelehnt.

»Wir haben genug zum Leben«, hatte ihr Opa in seiner ruhigen Art mit der tiefen sonoren Stimme, die auch Insas Vater geerbt hatte, gesagt. »Ständig fremde Menschen im Haus ist nicht unsers. Wir wollen jetzt das Alter in Ruhe genießen, ohne uns noch großartig um andere Dinge kümmern zu müssen. Und es ist schön, wenn du ab und zu hier bist.«

Das typische norddeutsche Flair des Hauses empfing sie und es roch nach den polierten Möbeln ihrer Großeltern. Was fehlte, waren die sonst einladenden Düfte von Kuchen, Gekochtem oder Gebratenem.

An stets demselben Platz von Großvaters Garderobe hingen seine Kapitänsmütze und ein Mantel ihrer verstorbenen Großmutter. Diese beiden Kleidungsstücke wurden seit Jahren nur zum Entstauben bewegt.

»Ich brauch das so«, hatte ihr Opa einmal auf ihre Nachfrage hin in seinen weißen Vollbart gebrummelt, ohne dabei seine Pfeife aus dem Mund zu nehmen. Das war ein untrügliches Zeichen dafür, dass hierüber nicht diskutiert wurde. Aber daran hatte Insa eh kein Interesse, denn beide Kleidungsstücke symbolisierten für sie Kindheit, Geborgenheit und Zuverlässigkeit. Deshalb liebte sie den Blick auf die Garderobe, wenn sie in die Wohnung trat.

Ihr Vater öffnete die Tür zum Wohnzimmer hin und schaltete das Licht ein.

Insa hatte sofort das Gefühl, ihr Großvater müsse

ihr entgegenkommen. Aber die Wohnung blieb gespenstisch ruhig. Ein furchtbarer Schmerz schnitt erneut tief in ihr Herz. Ihr Verstand verkündete klar, der Tod ist das unumstößliche Ende. Keine einzige Chance mehr, etwas zu verändern. Keine Möglichkeit für ein letztes liebevolles Wort oder eine sanfte Umarmung. Es blieb diese unheimliche, grauenvolle Leere.

»Ein Tee tut uns jetzt gut.« Schon wanderte ihr Vater in die Küche, sie hörte ihn hantieren.

»Ich bringe eben mein Gepäck nach oben.« Sie hob ihre Reisetasche hoch.

Ihr Vater erschien in der Küchentür. »Du kannst nicht in die Wohnung.«

»Warum nicht?«

♥ 4 ♥

»Du warst lange nicht hier.«

»Ja und? Was hat das mit der Wohnung zu tun?«

»Sie stand leer.« Der feste Blick ihres Vaters, der fast unerbittlich auf ihr ruhte, ließ Insa nervös werden.

»Machst du mir jetzt einen Vorwurf? Ich bin berufstätig, ich ...«

Er schnitt ihr das Wort ab und untermauerte es mit einer Geste seiner Hand. »Du bist erwachsen. Du musst wissen, was du tust. Mir hat es nicht so viel ausgemacht, ich war die meiste Zeit auf See, aber dein Großvater war hier. Immer. Er wäre schon über einen einzigen Besuch im letzten Jahr von dir glücklich gewesen.« Er drehte sich um und ging zurück in die Küche.

Das schlechte Gewissen und der Schmerz überfluteten Insa. Heiße, stumme Tränen rannen ihr die Wangen hinab. Und nun? Unentschlossen stellte sie die Reisetasche ab, wartete, bis ihr Vater mit dem herb duftenden, schwarzen Tee zurück ins Wohnzimmer kam und startete einen neuen Versuch.

»Weshalb kann ich nicht hoch in die Wohnung?«

»Sie ist vermietet, Insa.«

Auf die Klingelleiste an der Haustür hatte sie vorhin nicht geachtet. Warum auch? Sie sah ihren Vater unverwandt an. »Nein!« Der bekräftigte es jedoch nur mit einem kurzen Kopfnicken.

»Aber warum?«

»Trink etwas Tee, damit du die Wahrheit ertragen kannst.«

Insa nahm, merklich verlegen, ein paar heiße Schlucke, als sie von ihrem Vater eine Abreibung bekam, die sich gewaschen hatte und bis ins Mark traf.

»Du hast dich von uns entfremdet, Insa. Es kann natürlich sein, dass es mit dem Tod von Mama und Oma zusammenhängt, aber ich hätte von dir etwas mehr Feingefühl erwartet. Wahrscheinlich ist die heutige Jugend so, vielleicht füllt dich unsere kleine Stadt Cuxhaven auch nicht aus. Das mag durchaus verständlich sein, wenn man jung ist. Doch du hast uns schlichtweg vergessen.«

»Das stimmt gar nicht!«, protestierte sie, nahm allerdings wahr, wie ihr die Hitze an den Ohren entlang ins Gesicht stieg.

»Insa, sei jetzt bitte ehrlich. Wenn ich angerufen habe, hast du grundsätzlich von dir erzählt. Außer *wo bist du gerade* hast du nicht viel, um nicht zu sagen gar nichts, gefragt. Es hat dich nicht interessiert.«

»Aber ...«

»Nein, Insa, nicht aber. Es war deutlich. Das habe nicht nur ich empfunden, sondern dein Großvater ebenfalls. Oder hast du ihn ein einziges Mal gefragt, wie es ihm gesundheitlich geht?«

Insa schluckte. Die Wahrheit war hart. »Nein, habe ich nicht. Aber er hat mir auch nicht gesagt, dass er sich unwohl fühlt.«

Ihr Vater lachte bitter auf. »Als wenn dir dein Großvater das von allein verkündet hätte!«

Verlegen senkte Insa die Augen, schlug die Hände vors Gesicht und begann zu schluchzen.

Sie bemerkte, dass ihr Vater sich neben sie setzte. Er legte den Arm um ihre Schulter. »Jetzt ist alles zu spät, Insa. Lass uns daraus lernen und sorgsamer mit uns und dem zukünftigen Leben umgehen.«

Sie lehnte den Kopf an seine Brust und weinte herzerweichend.

Nachdem sie sich ein bisschen beruhigt hatte, stand ihr Vater auf. »Ich mache uns eine Kleinigkeit zu essen, dann gehen wir rauf zu Annie. Ehe du jetzt wieder fragst: Annie ist die Mieterin.«

»Sollten wir sie nicht erst morgen informieren?«

»Das wäre unfair. Sie hat sich, als es deinem Großvater gesundheitlich nicht gut ging, rührend um ihn gekümmert.«

Das war der nächste Schlag für Insa. Und sie musste noch mehr hören.

»Sie hat ihn zum Arzt gebracht an Tagen, an denen es ihm schwerfiel, selbst mit dem Auto zu fahren. Auch Einkäufe hat sie für ihn erledigt. Einen weiteren Punkt gibt es, den ich ihr hoch anrechne. Weihnachten bin ich erst am zweiten Feiertag hier eingetroffen. Sie hat mit *meinem Vater und deinem Großvater*«, das betonte er besonders, »den Heiligabend verbracht.«

Es kam keine Schuldzuweisung von ihm, aber Insas Herz brannte vor Scham.

Was war sie für ein Mensch geworden? Sie hatte das letzte Weihnachten mit Martin gefeiert. Zwar hatte sie ihren Opa angerufen, jedoch nicht gefragt, wie er das Fest verbrachte, weil sie wusste, dass ihr Vater anreiste. Aber dass er erst am zweiten Weihnachtstag eintraf ...

Einige Minuten später aß Insa einen köstlichen Kartoffelsalat mit frischem Brot.

»Er schmeckt sehr gut, obwohl ich dachte, ich würde keinen Bissen runterbringen.«

»In einer derartigen Situation braucht man etwas in den Magen. Dafür kannst du dich gleich bei Annie bedanken. Er ist von ihr. Sie macht kein großes Aufheben um die Dinge, die sie tut.« Ihr Vater sagte es wie nebenbei, als er nochmals beim Salat zugriff. Umso zielsicherer trafen Insa seine Worte.

Ein winziges Gefühl der Eifersucht perlte in ihr hoch, aber sie ersparte sich eine Antwort. Heute war nicht der passende Zeitpunkt für Kritik oder spitze Äußerungen.

»Schlafen wir in deiner Wohnung, Papa?«, fragte sie stattdessen.

»Ich habe keine Wohnung mehr, Insa.«

Insas Kopf schnellte ruckartig hoch.

»Guck mich nicht so an, Kind. Mama ist nicht mehr da, ich verbringe die meiste Zeit des Jahres auf See, wofür also Miete zahlen? Ich habe mir das alte Zimmer oben auf dem Dachboden hergerichtet. Wir haben eine winzige Küchenzeile und ein kleines Bad einbauen lassen. Das genügt völlig«, nun wurde ihm bewusst, dass sich die Verhältnisse in dieser Nacht geändert hatten, »es reichte für mich. Und ich konnte die kostbare Zeit mit meinem Vater verbringen.«

»Warum habt ihr denn nie was gesagt?«

»Du hast nie gefragt«, kam prompt die Antwort.

»Aber das erzählt man doch!«, entrüstete sie sich.

»Wie denn? Die wenigen Telefonminuten hast du mit deinem ach so tollen Leben in Düsseldorf gefüllt. Jetzt iss auf, damit wir zu Annie hochgehen können. Außerdem gibt es jede Menge zu tun. Die Bestattungsformalitäten müssen erledigt werden.«

»Wann gehst du aufs Schiff zurück?«

»Wenn ich alle bürokratischen Dinge über die Bühne gebracht habe und je nachdem, wann die Bestattung sein wird. Es wird sich kurzfristig entscheiden.«

»Wo kann ich denn schlafen?« Insa war verunsichert durch die Veränderungen, von denen sie nichts mitbekommen hatte.

»Du kannst wählen. Hier bei Opa oder unterm Dach.«

»Ich bleibe hier unten auf der Couch. Oben sind deine Sachen, da musst du nicht noch auf mich Rücksicht nehmen.« Und nach einer winzigen Pause setzte sie hinzu: »Ich habe ja auch kein Fingerspitzengefühl gezeigt.« Sofort sammelten sich abermals Tränen in ihren Augen.

Ihr Vater antwortete nur kurz. »Okay. Bist du fertig?«

»Ja, danke.«

»Komm, lass alles stehen, wir gehen nach oben.«

Sie konnte nicht verhindern, dass die Aufregung sie gut im Griff hatte, als sie die wenigen Treppen nach oben stiegen.

Ihr Vater klopfte an die Wohnungstür. Als sie geöffnet wurde, starrte Insa auf eine junge, hübsche Frau – und auf ihren Körper.

♥ 5 ♥

Diese Annie war unübersehbar schwanger. Hinter ihr erschien ein großer, beigefarbener Hund, der ihr fast bis zur Hüfte reichte. Aufmerksam betrachtete er Insa.

Hatte ihr Vater nicht von einer Frau gesprochen, die ihrem Großvater im täglichen Leben unter die Arme griff? Darunter hatte sich Insa automatisch eine ältere Dame vorgestellt. Wohnte hier ein Paar? Und wo kam der Hund her? Instinktiv trat Insa aus Respekt vor dem großen Tier zurück, denn es kam auf sie und ihren Vater zu.

Doch dann ging alles blitzschnell.

Mit riesengroßen hellbraunen, schreckgeweiteten Augen sah die Mieterin Insas Vater an. Der schüttelte traurig den Kopf. »Annie, er hat es nicht geschafft.« Er trat einen Schritt auf sie zu, um sie zu umarmen.

Sie hingegen wurde aschfahl und sackte in sich zusammen. Er schaffte es gerade noch, sie aufzufangen.

»Ruf den Rettungswagen, Insa!«

»Meinst du nicht, wir sollten erst ...«

»Sie ist schwanger, das siehst du doch! Ich weiß nicht, inwieweit das Kind in Gefahr ist.«

Bellend und sichtlich aufgeregt tänzelte der Hund um ihren Vater herum, der auf die Couch zuging, um die junge Frau dort abzulegen.

Der Vierbeiner schnüffelte an ihrem Gesicht und winselte. Ihr Vater strich beruhigend über seinen Kopf mit den ausdrucksvollen schwarzen Augen. »Sitz, Kolumbus.«

Wenige Minuten später war Leben im Haus. Der Rettungswagen kam mit blinkendem blauen Licht, welches die regnerische Februarnacht beleuchtete, vorgefahren. Es drang gespenstisch in das Fenster der Wohnung, die nun dieser Annie gehörte. Das Blaulicht erlosch, dafür blitzte das Warnblinklicht gleichmäßig in die Nacht.

Ihr Vater hatte geistesgegenwärtig die Haustür weit geöffnet und die Außenbeleuchtung eingeschaltet, damit die Helfer sofort wussten, wo dringend Hilfe benötigt wurde.

Insa hörte schwere Schritte die Treppe hinaufkommen. Zwei Rettungsdienstler betraten die Wohnung. Insa saß neben der fremden Frau, die leise stöhnte und jetzt wieder bei Bewusstsein war.

Zuerst konnte sie den Blick gar nicht von dem Größeren der beiden jungen Männer abwenden. Der hatte aber nur Augen für seine Patientin, kniete sich zu ihr. »Moin, ich bin Björn Grune, Notfallsanitäter. Womit kann ich helfen? Hat das Baby Probleme gemacht?«

Während Annie noch völlig mitgenommen den blonden, großen Kerl fixierte, kam Insas Vater dazu.

»Es ist wohl eher eine traurige Nachricht, die das verursacht hat.«

Er berichtete, auf das Wesentliche beschränkt, der Notfallsanitäter hörte zu, öffnete seinen Koffer und behandelte Annie.

»Der Blutdruck ist okay, 95 zu 60. Etwas niedrig durch Ihren Kreislaufabsacker. Mögen Sie die Beine etwas höher legen? Somit wird in Kürze wieder alles in Ordnung sein.« Dann versicherte er sich: »Die Schwangerschaft ist bisher komplikationslos verlaufen?«

Annie nickte.

»Dann besteht durch diesen Vorfall für das Baby jetzt keine Gefahr. Kleiner Tipp noch. Legen Sie sich immer leicht auf die linke Seite, das ist besser für Ihren Kreislauf und ebenso für das Kind.«

»Vena-cava-Kompressionssyndrom?«, fragte der zweite Rettungsdienstler.

»Ja genau.«

Insas Vater schaute ein bisschen irritiert von einem zum anderen, bekam das aber mit »Das war ein Interna« erklärt.

Insa hörte das nicht, denn sie wusch den nassen Lappen aus, den sie Annie vorher fürsorglich auf die Stirn gelegt hatte.

Sie bemerkte durchaus die tiefe Sorge ihres Vaters. Er schien eine besondere Zuneigung für diese junge Frau zu empfinden. Sie waren vertraut miteinander, das hatte sie vorhin vor der Wohnungstür deutlich empfunden. War da etwa mehr? Und wer war der Vater des Kindes? Sie erschrak zutiefst. Nein, das konnte doch nicht sein ...

Gott, Insa, was hast du für schlimme Gedanken! Sie schüttelte sich. Schäm dich!

Insa ging zurück ins Wohnzimmer, war dort aber nicht geistig anwesend, denn ihre Gedanken glitten immer wieder zu ihrem Großvater. Jetzt erst wurde ihr schlagartig deutlich, dass die Viertelstunde, die sie an der Raststätte verbracht hatte, das Zünglein an der Waage gewesen waren. Leichtfertig hatte sie dort gesessen und gegessen, obwohl sie sich der dringlichen Worte ihres Vaters bewusst war. Warum hatte sie nicht nur etwas auf die Hand mit auf die Fahrt genommen?

Die wichtigste Sache ihres bisherigen Lebens hatte sie schlichtweg versemmelt! Aufgrund dieser schrecklichen Erkenntnis wurde ihr speiübel, sie rannte ins Bad und schaffte es nur knapp, den Toilettendeckel hochzuheben, schon erbrach sie heftig.

Als sie das Würgen hinter sich hatte, nahm sie den widerlichen Geruch wahr und schämte sich entsetzlich, denn der junge Notfallsanitäter stand schon neben ihr.

»Machen wir direkt hier weiter«, meinte er bestimmt, half ihr auf und führte sie zu dem kleinen Esstisch. Auch bei ihr wurde der Blutdruck geprüft.

Sollte er ruhig denken, die Situation hätte sie überfordert. Das Problem, eine der wichtigsten Zeiten ihres Lebens leichtfertig und unwiederbringlich vergeben zu haben, musste sie für sich behalten – und erst recht alleine verarbeiten.

Der Notfallsanitäter wandte sich an Insas Vater. »Haben Sie etwas Mineralwasser hier, vielleicht mit ein wenig Kohlensäure? Das wird den Mädels guttun und danach sind sie wieder ganz die Alten, wenn Sie ihnen noch ein bisschen Trost zusprechen.«

Insas Vater stand auf und brachte in Windeseile

zwei gefüllte Gläser Wasser. Insa und Annie tranken beide fast gierig.

»Es wird gleich besser«, hörte Insa. Eine angenehm tiefe Stimme hatte der Kerl auch noch!

»Danke, ja, ist okay. Ich glaube«, sie zögerte kurz, entschied sich dann jedoch für den Vornamen, das symbolisierte Vertrautheit, obwohl die faktisch nicht vorhanden war, »Annie braucht Sie mehr.«

Sie betrachtete ihren Helfer. Gut sah er aus. Sehr groß, muskulös, blaue Augen, lange Wimpern, moderner Kurzhaarschnitt.

Da konnte einem schon allein wegen ihm schwindelig werden, dachte sie kurz mit einem inneren Schmunzeln und hatte sich ab diesem Zeitpunkt wieder gut im Griff.

Er wandte sich erneut der zugegebenermaßen hübschen Annie zu. Sie hatte taillenlanges, glattes, braunes Haar und eine zierliche Figur, wenn man von dem sich rundenden Bauch absah. Besorgt ging er vor der Couch in die Hocke und sprach leise mit ihr.

Insa brauchte frische Luft. Sie stand auf, lief die Treppen hinunter und aus dem Haus. Tief sog sie die frostige Winterluft ein, das war ein gutes, belebendes Gefühl.

Doch ehe sie sich eine Erkältung einfing, trat sie ins Gebäude zurück.

Die beiden Rettungsdienstler kamen ihr entgegen. Derjenige, von dem sie wusste, dass er Björn hieß, sprach sie nochmals an. »Geht‘s?«

»Ja, doch.«

»Sie und auch die junge Dame oben brauchen jetzt Ruhe. Nehmen Sie sich eine Auszeit.«

Insa nickte halbherzig.

Die beiden stiegen in den RTW. Sie sah dem Wagen hinterher, bis er um die Ecke verschwunden war und schloss die Haustür. Erst jetzt bemerkte sie, wie nasskalt es im Hausflur geworden war.

Mit dem großen Hund im Schlepptau kam ihr Vater die Treppen hinunter. »Lass uns kurz reden, Insa.«

»Okay.« Sie folgte ihm in Großvaters Wohnung.

»Ich gehe jetzt auf die Schnelle mit Kolumbus raus. Wir können Annie heute Nacht nicht mehr allein lassen«, begann er und sah auf seine Armbanduhr. »Es ist vier. Sie liegt nun im Bett und schläft. Magst du oben auf der Couch bei ihr schlafen?«

»Ich? Aber ich kenne sie doch gar nicht!«

»Es ist eine Notsituation. Und viel Schlaf gibt es sowieso nicht. Es ist früher Morgen.«

»Aber wir können die Türen auflassen. Dann hören wir sie. Und der Hund ist außerdem da. Er bellt bestimmt, wenn ...«

»Alles gut, Insa, ich lege mich dorthin.«

»Aber sie ist doch nicht ernsthaft krank, sie muss sich nur erholen. Sie ist eine Mieterin, ich meine ...«

»Hör auf! Sie ist mehr als das. Kein Problem, ich werde bei ihr bleiben.«

»Aber ...«

»Hör mit diesem doofen *aber* auf!«

»Wie lange wohnt sie denn schon hier?«

»Seitdem Großvater gecheckt hatte, dass du noch nicht mal mehr zu Besuch kommst.«

Die Worte waren harsch gesprochen und wie eine Backpfeife für Insa. Sie lenkte ein. »Ich bleibe bei ihr. Kein Problem.«

»Brauchst du nicht«, brummelte ihr Vater.

»Doch, entschuldige, Papa, ich bin ein bisschen

durch den Wind.«

»Okay, ich gehe jetzt noch kurz mit Kolumbus raus. Somit bekommen wir alle die nächsten Stunden wenigstens etwas Ruhe.«

»Warum gehst du mit dem Hund von der raus, ich meine, der Mieterin«, korrigierte sie sich schleunigst.

»Weil es nicht *ihr* Hund ist, sondern Großvaters.«

»Aber ...«

»Fängst du wieder an?« Er warf ihr einen bösen Blick zu. »Dein Opa hat ihn angeschafft, kurz bevor uns die Idee mit der Vermietung kam. Kolumbus hat ihm gutgetan.«

»Was ist denn das für einer? Ich meine, was für eine Rasse?«

»Tja .. ich glaube, der Vater war Labrador, die Mama Golden Retriever. Oder war es umgekehrt? Oder ist da noch etwas anderes drin? Ich weiß nicht mehr, was man deinem Großvater gesagt hat. Er ist aus dem Tierschutz. Jedenfalls hat er ihn Kolumbus genannt. Er war seine Freude, seine Stütze, sein Freund.«

Er holte die Leine und der Hund freute sich sichtlich. Aufgeregt sprang er mit einem mächtigen Satz Richtung Haustür und blieb erwartungsfroh davor stehen.

Eine Frage bewegte Insa noch, die Geschäftsfrau in ihr kam hoch.

»Was zahlt die ... Annie ... denn eigentlich für die Wohnung an Miete?«

♥ 6 ♥

Ihr Vater drehte sich zu ihr um. Und als ob es logisch und überhaupt nicht verwunderlich wäre, sagte er im Hinausgehen: »Momentan keine« und ließ die Tür ins Schloss fallen.

Mit dieser verwirrenden Info blieb sie allein. Hier schien sich ja einiges getan zu haben!

Aber es war für den Moment egal, denn schlagartig übermannte sie die Müdigkeit. Sie fischte nur eine bequeme Hose, ein weites Sweatshirt und warme Socken aus ihrer Reisetasche, zog sich um und stapfte dann, mit Opas dicker Wolldecke und einem Kissen bewaffnet, nach oben in Annies Wohnung.

Annies Wohnung – wie das klang! Eigentlich war es doch ihre!

Was bedeutete das, Annie zahlte keine Miete? War sie Papas Freundin? Keinesfalls war sie viel älter als sie selbst. Um die dreißig, eher jünger.

Und in welcher Beziehung stand sie denn zu ihrem Opa?

Ihre eigene Schuld, dass *sie* nun fast der Fremdkörper hier war! Verdammt!

In der Wohnung war alles ruhig. Sie schaute in das kleine Schlafzimmer. Die junge Frau schlief augenscheinlich tief und fest.

Insa machte es sich auf der Couch bequem und das ging besser, als sie dachte. Sie schloss die Augen und sah das freundliche Gesicht ihres Großvaters vor sich. Tränen stiegen in ihr hoch und kullerten auf das Kissen. Sie hätte sich noch von ihrem Opa verabschieden können, wenn sie nicht so ... so ... sie fand kein passendes Wort für ihr leichtfertiges, beschämendes Verhalten. Alles wegen einer Suppe! Das schmerzte derart fürchterlich, als hätte man sie körperlich misshandelt.

Insa zog die Decke bis ans Kinn hoch und die Beine an. *Verzeih mir, Opa, verzeih mir bitte, bitte, bitte,* bettelte sie stumm und weinte leise vor sich hin. Sie war momentan nicht mehr als ein kleines Häufchen Elend.

Da kam ihr noch etwas in den Sinn. Martin hatte sie während ihrer Fahrt hierher nicht einmal angerufen. Aber vielleicht war eine WhatsApp von ihm eingetrudelt. Das Handy hatte sie in den letzten Stunden völlig vergessen. Also raffte sie sich nochmals auf, tapste im Dunkeln bemüht leise nach unten an die Garderobe und fischte es aus ihrer Jackentasche.

Da hörte sie Schritte im Vorgarten – ihr Vater kam zurück. Sie hatte keine Kraft mehr, sich seinem zweifellos gerechtfertigten, strengen Blick zu stellen, deshalb huschte sie in Windeseile nach oben und schaffte es gerade um die Ecke, als er die Haustür öffnete.

Sie bekam noch mit, wie sich der Hund kräftig schüttelte und ihr Vater ihm mit einem Seufzer zuraunte: »Ach, Kolumbus, hättest du nicht warten können, bis ich mit dem Handtuch bei dir bin?«

Insa schlich zurück zur Couch und schaute gespannt in ihre Nachrichten. Nur einen Gute-Fahrt-Wunsch von Anke und Linda. Nichts von Martin! Enttäuscht und durchaus etwas verstimmt legte sie es neben das Sofa, zog die Decke erneut bis ans Kinn und dachte noch, sie werde wohl nicht schlafen können, als sie schon weggenickt war.

»Hallo?«

Insa spürte eine sanfte Berührung an ihrer Schulter. Sie knibbelte mit den Augen und brauchte einen Moment, um zu realisieren, wo sie lag. Die Situation war kein Albtraum, sondern nackte Wirklichkeit. Die junge Frau war ihr fremd, Großvater tot. Das aufsteigende Gefühl war grauenhaft.

»Moin erstmal. Möchtest du einen Kaffee?«, wurde sie gefragt.

Insa sah hoch, blickte auf diese Annie und nickte nur. Die drehte sich um, dabei schaute Insa von der Seite auf ihre Silhouette. Ach ja, die ist schwanger. Sie schloss ihre Augen wieder, wünschte sich weg und blieb bewegungslos liegen.

Kurz danach hörte sie das Tapsen von nackten Füßen auf dem alten Holzboden und blickte in diese Richtung.

Die junge Frau jonglierte zwei Kaffeepötte zu ihr. Insa stützte sich auf dem Ellenbogen ab, während Annie die Tasse für sie auf dem Tisch abstellte. »Bitteschön.«

»Danke.« Sie setzte sich auf, zog die Decke aber über die Knie. »Ist recht frisch hier.«

»Ich heize nicht stark. Allerdings friere ich auch

nicht schnell.« Sie bewegte dabei ihre nackten Zehen, die hellblau lackiert waren, passend zu ihren Fingernägeln.

Insa nahm einen Schluck Kaffee. »Was ist es denn?«

»Instant-Kaffee. Anderen habe ich leider nicht.«

»Nee, das meinte ich nicht. Ich wollte wissen, ob es ein Junge oder ein Mädchen wird.«

»Ach so!«

Beide mussten aufgrund des Missverständnisses lachen – und genau in diesem Moment veränderte sich die etwas angespannte Atmosphäre in eine relaxte.

»Es wird ein Junge«, sagte Annie leise und strich liebevoll über ihren Bauch.

»Dass du da Kaffee vertragen kannst! Ich habe eine schwangere Kollegin, die geht bei dem Geruch laufen, obwohl sie vorher ein Kaffeejunkie war. Sie beglückt uns deshalb täglich mit den unterschiedlichsten Düften von Teesorten.«

»Ich trinke koffeinfreien Kaffee. Der bekommt mir gut. Tee habe ich übrigens auch. Wenn du den lieber möchtest, musst du es nur sagen.«

»Nee, ist okay.«

Es klopfte an die Wohnungstür und Annie öffnete. Ihr Vater kam herein. Kolumbus drängte sich an ihm vorbei zu Annie. Sie ging in die Hocke und streichelte ihn.

»Guter Junge! Warst du denn schon draußen, hm?« Sie drückte ihm einen Kuss auf die Stirn.

»Heute Nacht. Wir machen gleich eine Runde«, antwortete Insas Vater. Er umarmte Annie und küsste sie auf die Wange. Das tat er bei Insa ebenfalls.

»Möchtest du Kaffee, Jens?«, wurde er gefragt.

»Gern. Aber nur eine Tasse im Stehen. Ich will mit Kolumbus los und muss mich anschließend um alle Formalitäten kümmern.«

»Wie viel Uhr haben wir eigentlich?«, fragte Insa und griff zu ihrem Handy. »Ach herrje, kurz nach zehn!«

»Ich mache uns ein kleines Frühstück«, warf Annie ein, die Insas Vater soeben eine Tasse Kaffee in die Hände drückte. Er wollte eilig trinken, als Insa aufstand.

»Nimm dir Zeit für den Morgenkaffee, Papa. Ich gehe mit Kolumbus. Ein bisschen frische Luft täte mir jetzt richtig gut.«

Sie glaubte selbst nicht, was sie da von sich gab – mit einem völlig fremden Hund laufen! Dabei hatte sie von Hunden so gut wie keine Ahnung. Aber nun hatte sie es gesagt ... ach je!

Sie traf ein prüfender Blick. »Gut. Die Leine hängt unten an der Garderobe. Er hört auf: Sitz – Platz – Komm – Steh.«

Insa lief tapfer und mit Herzklopfen die Treppe hinunter. »Auf geht's, Kolumbus.«

Aber unten im Erdgeschoss stand sie allein. Kein Hund bei ihr.

Ihr Vater erschien mit Annie oben in der Tür. »Was habe ich dir gerade gesagt?«

Insa sah ihn verwirrt an. Sie verstand nicht, was er meinte.

»Sitz – Platz – Komm – Steh.«

»Ah, kapiert.« Sie musste grinsen und versucht es nochmals. »Kolumbus, komm!«

Der große Hund schoss um die Ecke und die Treppen hinunter. Erwartungsfroh und schwanzwedelnd blieb er vor ihr stehen. Insa steckte ihr Handy in dic Jackc, strcifte sie über, drehte den Schal eng um den Hals und zog die dicken Schuhe an. Sie griff die Leine und machte ihn fest.

»Denn man los, Kolumbus.«

Sie öffnete die Tür und er schoss hinaus. »Hey, warte!«, rief sie laut, weil sie jetzt erst spürte, dass sie der Kraft dieses Hünen kaum etwas entgegenzusetzen hatte.

Während sie die Tür zuzog, sah sie noch einmal die Treppen hinauf und erschrak.

♥ 7 ♥

Ihr Vater hatte Annie im Arm, die ihren Kopf an seine Schulter schmiegte.

Das konnte doch nicht wahr sein!

Warum hatte ihr Dad nichts gesagt? Mama war einige Jahre tot, dass er nicht für den Rest seines Lebens allein bleiben würde, war sicherlich die richtige Entscheidung, auch wenn sie ihr wehtat. Aber eine junge Frau, die nicht viel älter war als sie selbst, wenn überhaupt? Das missfiel ihr deutlich, obwohl ihr diese Annie nicht unsympathisch war.

Und das Baby? Oh – mein – Gott! Bekam sie eventuell noch einen Bruder? Zahlte Annie deshalb keine Miete? Sie wollte sich nicht vorstellen, dass ihr Vater und Annie ...

Insa rannte mit Kolumbus die Straße hinunter in Richtung Seedeich. Das lenkte ab und tat gut, obwohl es leicht nieselte.

Obgleich es hier wundervolle Sommer gab, prägte doch reichlich Niederschlag diesen Teil Deutschlands. Aber die Küstenlage hatte durchaus Vorzüge. Das Wetter konnte sich Knall auf Fall ändern, was die charakteristische Lage am Meer auszeichnet.

Gerade strahlender Sonnenschein, urplötzlich dicke Wolken, soeben noch Regen, schon wieder wolkenloser Himmel. Gesundes Reizklima eben.

Sie zog ihr Handy aus der Tasche. Bisher gab es keine Nachricht von Martin. Strammen Schrittes laufend, rief sie ihn an. Als sie schon befürchtete, der Anrufbeantworter würde anspringen, hörte sie ein verschlafen gedehntes »Jaaa«.

»Hi Martin, ich bin‘s. Schläfst du etwa noch?« Insa war ziemlich verwundert, denn er hatte ihr doch gestern erzählt, er wolle die Zeit ausschließlich für ein intensives Training nutzen. Da passte dieser Schlendrian jetzt nicht!

»Ich habe Urlaub, Insa.« Es klang durchaus ein wenig genervt, aber das relativierte sich sofort, denn sie hörte besorgte Worte. »Bist du gut angekommen, das Wetter war ja mörderisch. Wie war die Fahrt?«

Keine Frage zu ihrem Großvater. Und wie nett, dass ihm jetzt erst einfiel, dass sie vierhundert Kilometer in der Nacht unterwegs gewesen war!

Insa ging jedoch nicht darauf ein. Sie wollte ihm vom Tod ihres Opas erzählen, aber ihr nicht zu vermeidendes Schluchzen ließen ihre Worte derart verschwimmen, dass Martin mehrfach nachfragen musste.

»Das tut mir total leid, Insa. Aber dein Großvater hatte eben auch ein gewisses Alter.«

Der letzte Satz schockierte sie. Sicherlich war ihr Opa alt, doch verlor man einen geliebten Menschen, kam der Tod immer zu zeitig.

»Warum sagst du das? Wenn mein Großvater bettlägerig gewesen wäre und sich nur noch gequält hätte, könnte man von Erlösung sprechen und sich damit trösten, aber so ...«

»Insa, sieh es nüchtern. Er war über achtzig.«

»Wirst du zur Bestattung mitkommen?«, fragte sie, ihre Ernüchterung schluckend und die Antwort ahnend.

»Ich muss sehen«, wich er aus, »und du musst sowieso erst klären, wann die ist.«

Sie verblieben, dass Insa sich meldete, wenn sie wieder Richtung Rheinland unterwegs war. Es hatte gutgetan, die schreckliche Nacht nochmals in Worte zu fassen, trotzdem war sie von seinem Verhalten erneut enttäuscht. Diese empathielose Seite an ihm kannte sie nicht.

Sie blieb stehen, ließ das Handy sinken und wischte die Tränen aus dem Gesicht. Und dann passierten zwei erstaunliche Dinge.

Kolumbus leckte ihr hingebungsvoll die Handyhand, als wolle er ihr Trost spenden. Automatisch hockte sie sich hin und umarmte den großen Hund. Sie tastete sein nasses Fell, der Hundegeruch stieg in ihre Nase, sie hörte und spürte seinen Atem. All das war ein völlig neues Gefühl – und es tat ihr unendlich gut.

Sie blickte ihm in die ausdrucksvollen Augen. Es war, als wollten sie ihr sagen: *Ich bin bei dir.*

Insa fühlte sich gestärkt, lief mit ihrem neuen Freund nun gemächlicher weiter und blieb stehen, wenn er schnüffeln wollte. »Hundezeitung, nicht?«, sagte sie, als wolle sie eine Unterhaltung mit ihm beginnen. »Was gibt es denn zu vermelden? Hat hier eine nette Hundedame eine Annonce aufgegeben?«

Sie waren nur wenige Meter gekommen, als ihr Handy klingelte. Zu ihrem Erstaunen war es Linda.

»Meine Liebe, ich wollte hören, wie es deinem Großvater geht.«

»Ach Linda ...«, aus Insa brachen die letzten fürchterlichen Stunden nur so heraus. Sie berichtete ihrer Chefin von ihrem verspäteten Eintreffen, schob es jedoch auf das Wetter. Ihr zu sagen, sie habe leichtfertig getrödelt, das schaffte sie einfach nicht. Daran musste sie alleine knabbern. Sie erwähnte nur, dass sie ein schlechtes Gewissen habe, weil sie in der Vergangenheit seltener nach Hause gefahren sei. Auch erzählte sie von der schwangeren Annie und der Nacht auf der Couch, aber behielt ihre Vermutung wegen des Babys für sich. Sie wollte das erst familiär klären.

»Es tut mir von Herzen leid für dich«, hörte sie Linda sagen. »Kann ich etwas für dich tun?«

»Nein ... doch! Ich weiß noch nicht, wann die Bestattung sein wird und wie hier alles läuft. Ich denke, ich komme Sonntag erst einmal zurück, werde aber bald wieder fahren. Wenn ich meinen Resturlaub recht spontan nehmen könnte?«

»Das kriegen wir hin. Du bearbeitest das Sommerfest-Projekt?«

»Genau.«

»Gut, hier drängt zeitlich nichts. Alles andere bekommen wir geregelt.«

Eine Welle der Zuneigung für ihre Chefin kam hoch. »Danke, Linda. Wir sehen uns Montag. Vielleicht habe ich bis dahin weitere Infos.«

»Insa?«

»Ja?«

»Du solltest eins bedenken. Dein Großvater ist nicht weg, nur in einer anderen Welt. Du wirst ihn sicherlich ab und zu spüren, so ein enges Verhältnis, wie ihr zwei hattet.«

Und ich habe ihn traurig gemacht, dachte Insa voller Schmerz. »Hm«, brachte sie nur heraus.

»Glaub mir, er ist auf die eine oder andere Art bei dir. Und noch etwas. Alte Menschen blicken differenzierter auf das Leben und haben viel Nachsicht mit den jungen.«

»Meinst du?« Insa wollte es zu gerne glauben.

»Davon bin ich überzeugt.«

»Danke, Linda.«

»Bis Montag. Wenn irgendwas sein sollte, melde dich ruhig.«

»Okay. Tschüss.« Insa steckte das Handy zurück in die Jackentasche. Mensch, ein solch verständnisvolles Verhalten hätte sie sich von Martin gewünscht!

Ihre Haare waren inzwischen feucht geworden und plötzlich zog die Kälte durch bis in die Knochen. Es war unangenehm.

»Komm, Kolumbus, wir gehen nach Hause.«

Nach Hause. Ja, hier in Cuxhaven war ihre Heimat. Tief sog sie die salzige Luft ein, die vom nahen Meer landeinwärts getrieben wurde. Der Tidenkalender! Den musste sie sich ansehen, beim nächsten Hochwasser war für sie Meereszeit angesagt. Egal, ob stürmisch oder nicht.

Sie trat den Rückweg an. Kolumbus lief, obwohl groß und kräftig, fast leichtfüßig vor ihr her. Der Schwanz bewegte sich von rechts nach links, seine Schlappohren wehten im Wind. Das war ein tolles Bild und berührte ihr Herz.

»Kolumbus, steh!«, sagte sie impulsiv.

Der große Hund stoppte, drehte sich um und

blickte zu ihr auf.

Insa überflutete eine heftige Zuneigung für ihn. »Ich glaube, wir zwei werden echte Freunde, nicht wahr?«

Und als ob er ihre Worte verstehen würde, bellte er einmal kurz und kräftig auf, sodass Insa erschrak, weil sie es nicht erwartet hatte. Da muss ich wohl in puncto Hund noch einiges lernen, erkannte sie.

Noch zwei Straßen und es war geschafft. Insa freute sich auf trockene Hosen und ihren Fön. Da sah sie den Rettungswagen. Ein Notfallsanitäter kam aus einem Haus und ging auf den RTW zu, in dem der Kollege bereits am Steuer saß. Sie erkannte den gut aussehenden Mann aus der Nacht.

Er blickte in ihre Richtung, hob die Hand zum Gruß und steuerte die wenigen Meter auf sie zu.

♥ 8 ♥

»Moin, alles okay?«, fragte er.

Insa fühlte sich sofort wohl. Das war Heimat. Dieser typisch norddeutsche Dialekt und die kurzen Sätze. Aber das konnte sie genauso.

»Moin. Ja. Noch auf Tour?«

»24-Stunden-Dienst.«

»Ah so.«

»Manche Einsätze sind frustrierend.«

»Wieso?«

»Dem Herrn war übel. Deshalb ruft der die Rettung«, er schüttelte verständnislos den Kopf, »und fordert, wenn wir schon da sind, können wir ihm eben noch die Zeitung besorgen.«

»Oha!«

»Ja denn ... schönen Tag.«

»Ebenso.«

Insa sah ihm kurz hinterher, als er in seiner orangefarbenen Montur Richtung RTW stiefelte.

Nordisch anregend, dachte sie und bekam gleich ein Schuldgefühl Martin gegenüber.

An Großvaters Haus angekommen, sah sie, dass der Wagen ihres Vaters fehlte. Was musste es für ein schwerer Gang sein, für die Bestattungsformalitäten zu sorgen! Im Gegensatz zu ihm hatte sie mit ihrer Aufgabe heute Morgen Glück gehabt.

Sie trat ins Haus, hielt Kolumbus aber an der Leine und warf ihm das große Handtuch über, bevor er sich schüttelte.

»Ha, Glück gehabt!«, rief sie, ging auf die Knie und rubbelte ihn ab. Kolumbus schien es zu genießen und fast glaubte sie, er lächele dabei. Quatsch, Insa, schalt sie sich innerlich, aber trotzdem gefiel ihr der Gedanke.

In Großvaters Wohnung lief Kolumbus direkt zum Wassernapf und trank ausgiebig. Danach wischte er mit seiner Schnauze durch den zweiten Napf und war sichtlich enttäuscht, denn der war leer. Anklagend sah er Insa an.

»Moment, Frühstück kommt!« Sie sah sich um. Wo konnte nur das Futter stehen? Aber im Nu hatte sie den großen Sack Trockenfutter und die Dosen Nassfutter entdeckt. Nur was davon bekam er denn morgens? Und wie viel? Sie kratzte sich an der Nase. Sollte sie Annie fragen? Klar, die musste das doch wissen!

Sie wollte zur Wohnungstür, bemerkte jedoch im Augenwinkel eine Bewegung und sah deshalb zum Fenster hinaus.

Ein junger Mann kam durch den kleinen Vorgarten auf die Haustür zu. Mensch, gab es früher auch schon derart gut aussehende Typen in ihrer Heimatstadt? Erst der attraktive blonde Notfallsanitäter, nun dieser dunkelhaarige Schuss ... wer bitteschön war das?

Sie hatte gerade ihre Türklinke in der Hand, als sie die Klingel vernahm – und zwar nicht bei ihr, sondern oben. Hektisch lehnte sie die Tür an, blieb aber neugierig dahinter stehen, denn Annies Füße tapsten die Treppen hinab. Die Haustür wurde geöffnet.

»Ich hab auf dich gewartet.« Neben Annies Stimme hörte sie ein typisches Kussgeräusch. Nee, ne? Kaum war ihr Vater aus dem Haus, stand ein junger Typ auf der Matte! Im Prinzip würde der altersmäßig sowieso deutlich besser passen!

»Ich finde, wir sollten es Jens sagen«. Das waren Annies Worte, die Insas Ohren noch einmal ausfahren ließen.

»Warte. Es ist nicht die Zeit dafür.« Was für eine schöne tiefe Stimme, aber anscheinend bei der falschen Person, denn die beiden sprachen deutlich über ihren Vater. »Jens ist erst ein paar Stunden wieder hier und in der jetzigen Situation ... lieber nicht, sonst ist das der nächste Schock für ihn.«

Mehr konnte Insa nicht hören, denn Annies Wohnungstür wurde geschlossen.

Worauf bezog sich das? Auf das Baby? Wer war der Vater? In der Wohnung oben lebte nämlich kein Mann. Sie hatte an der Garderobe weder Herrenschuhe noch eine entsprechende Jacke gesehen! Ihre Gedanken rasten.

Aber ab jetzt würde sie sehr aufmerksam sein! Da schien ein Komplott gegen ihren Papa zu sein. Tja, wenn Männer Monate auf See sind und attraktive Freundinnen haben, wird es schwierig. Sie musste unbedingt mit ihrem Vater sprechen!

Kolumbus bellte. Ach ja, der arme Kerl hatte Hunger.

Die Frage nach der Futterzusammenstellung hatte

sich jetzt allerdings erledigt und sie entschied sich, ihm eben von beidem etwas anzubieten.

»Halb-halb, was meinst du?«, sprach sie mit ihm. »Ist das nicht ein vielfältiges Angebot, Großer? Fast ein Buffet.«

Ihm schien es zu schmecken, denn er futterte jeden Krümel und leckte die Schale noch inniglich mit seiner langen Zunge aus. Das weckte Zweifel bei Insa. Brauchte ein Hund von seiner Größe mehr? Deshalb gab sie ihm eine zweite Portion, die er ebenfalls vollständig verputzte.

Danach sorgte Insa für sich. Sie durchsuchte die Schränke, fand Brot und der Kühlschrank bot ebenfalls genügend. Kaum hatte sie ihn geöffnet, kam Kolumbus und setzte sich erwartungsfroh davor. Sein Schwanz wedelte über den Fußboden, sein Blick war starr auf den Inhalt gerichtet. Er schnupperte.

Insa sah die Leber- und die Fleischwurst. Klar, der Duft davon zog ohne Frage in seine schwarze Hundenase, die sich hübsch von dem hellen Fell abhob. So kam Kolumbus noch in den Genuss einer dicken Scheibe Wurst, während sie ihr Brot mit Marmelade mümmelte und ihre Gedanken in alle Richtungen kreiselten.

Schließlich packte sie die Neugier. Wie war denn das Zimmer im Dachgeschoss ausgebaut worden? Sie lief die Treppen nach oben. Kolumbus folgte ihr auf dem Fuße und hatte sie sogar im letzten Drittel locker überholt.

Auch hier hatte sich einiges getan. Aus der einstigen Abstellfläche war ein gemütliches Ein-Zimmer-Apartment im maritimen Stil geworden.

Unzweifelhaft hatte ihr Vater seinen Handabdruck hinterlassen. Er war durch und durch ein Seebär. Es gab Fotos von jedem Schiff, auf dem er jemals gefahren war, ob als Matrose, Offizier oder Kapitän. Auf dem Tisch lag ein alter Kompass.

Ob ihr Vater nur die Reisetasche und ein paar persönliche Sachen hier abstellte und ansonsten seine Zeit bei Annie verbrachte?

Sie sah sich um. Ein Bild ihrer Mama stand auf dem kleinen Sideboard. Sie trat näher und betrachtete ihr fröhliches Lachen. Genauso war sie ihr in Erinnerung geblieben.

Warum nur musste sie so zeitig sterben? Eine Antwort erhielt sie natürlich nicht. Das waren die letzten Geheimnisse des Lebens, die der Mensch nie erforschen würde. Im Prinzip war das gut, nur wenn man selbst davon betroffen war, alles andere als einfach zu verstehen.

Sie schaute aus dem Fenster. Auf den ersten Blick schien es, als hätte sich in den letzten Jahren nicht viel getan, aber die Kleinigkeiten waren es, die ihr auf einmal ins Auge fielen.

Das Haus gegenüber hatte eine flatschneue, moderne Eingangstür erhalten. Die alte Holztür war verschwunden. Den brüchigen Holzzaun des Gebäudes daneben gab es ebenfalls nicht mehr. Lediglich eine Blumenrabatte umsäumte das Grundstück. Im Sommer sicherlich schön, zu dieser Jahreszeit wirkte es trostlos.

Zwei Häuser weiter hing ein Schild im Vorgarten: Ferienwohnung zu vermieten. Oh, die Hansens hatten verkauft! Sie waren schon damals gebrechlich gewesen.

Ein Kleinwagen fuhr heran, parkte an ihrem Holzzaun und ein junger Mann stieg aus. Insas Atem stockte.

Beinahe hätte sie ihn in normalen Klamotten gar nicht erkannt – es war der attraktive Notfallsanitäter!

Mit festen Schritten näherte er sich der Haustür.

♥ 9 ♥

Weshalb war er hier? Sie erinnerte sich an das nette Zusammentreffen auf der Straße. Wollte er etwa zu ihr? Oh, wie aufregend! Doch das sich aufbauende Luft-Traumschlösschen platzte wie eine schillernde Seifenblase, denn es klingelte – bei Annie!

Es war wie ein Déjà-vu für sie. Wieder stand sie hinter einer Tür, diesmal im Dachgeschoss, die Tür einen Spaltbreit geöffnet, und lauschte, halb bewusst, halb ungewollt.

»Ich wollte mal kieken, ob alles soweit okay ist«, hörte sie die sympathische männliche Stimme.

In diesem Augenblick steckte Kolumbus seine Nase durch die Tür und hätte es beinahe geschafft, sie aufdrücken. Erschreckt griff sie das Halsband und zog ihn zurück. Puh, Glück gehabt!

»Oh, das ist ja nett«, freute sich Annie. »Ich habe soeben Tee gekocht, immer hereinspaziert.«

Die Tür schloss sich. Nun waren zwei attraktive Männer in der Wohnung einer Schwangeren!

Kolumbus trabte zum Fenster, stellte die dicken Vorderpranken auf die Fensterbank und bellte. Der Schwanz wedelte vor Aufregung hin und her. Also lief Insa zu ihm und schaute hinunter.

Da kam der dritte Mann binnen kurzer Zeit auf das Haus zu. Und plötzlich sah sie ihren Vater als das, was er war. Ein absolut attraktiver Endfünfziger, sonnengebräunt und mit tiefen Falten, die seinem markanten Gesicht gut standen. Seine Art zu gehen drückte Autorität aus, die er im Berufsleben auch benötigte, obwohl er heute natürlich in Zivil unterwegs gewesen war.

Sie wollte zu ihm hinuntergehen, als ihr Handy den typischen Klingelton von Martin vermeldete.

»Na, wann kommst du zurück?«

»Wie wäre es mit einer Begrüßung«, wetterte Insa los.

»Was bist du so piefig? Wir haben doch heute Morgen bereits telefoniert.«

»Und wie kommst du da auf die Idee, es wäre in der Kürze der Zeit alles zu klären gewesen?«

»Weil ich Sehnsucht nach dir habe.«

»Dann pack deine Sachen und komm her.«

Da druckste Martin aber herum und endete mit: «Du bist doch Sonntag eh zurück.« Ehe Insa sauer sein konnte, setzte er noch mit schmelziger Stimme hinzu: »Du, ich vermiss dich ganz doll.«

Dieser Satz besänftigte Insa. Immerhin etwas.

Mit ihrem Vater besprach sie wenig später die Bestattungsformalitäten. Kontinuierlich kullerten Tränen ihre Wangen hinab.

Tröstend legte ihr Vater den Arm um sie. »Er hat nicht leiden müssen. Das war seine größte Angst. Er hat stets gebetet, dass ihm dies erspart bleibt. Diese Bitte wurde ihm gewährt. Und wir erfüllen ihm den Wunsch nach einer Seebestattung. Ich habe heute alles in die Wege geleitet, wir müssen jetzt noch einige Personen informieren, die Großvater am Herzen gelegen haben.«

Sie machten eine Liste. Viel hatte sich geändert in der Zeit ihrer monatelangen Abwesenheit. Personen, die sie vorschlug, waren in der Zwischenzeit verstorben. Das schockte sie ziemlich.

Der Satz ihres Papas traf. »Du warst eben zu lange weg.«

Hinterher überprüften sie die Liste.

»Rose und Rabea Behrens«, rief Insa überrascht. »Du hast sie hinzugesetzt. Leben die beiden denn noch?«

»Insa! Jetzt ist aber Schluss! Ich verbitte mir eine derartige Despektierlichkeit!«

»Entschuldige, Papa, das ist mir nur rausgerutscht. Ich habe das nicht böse gemeint. Die beiden Freundinnen von Oma müssen doch Mitte achtzig oder älter sein.«

»Sind sie. Sie erfreuen sich bester Gesundheit.«

»Woher weißt du das denn?«

»Von deinem Großvater. Die drei haben auch nach Omas Tod immer Kontakt gehalten.«

»Ach echt?«

»Sie kennen sich seit der Jugend, sind über sagenhafte siebzig Jahre befreundet. Und damals galt Freundschaft noch etwas. Die wurde mit absoluter Selbstverständlichkeit gepflegt und man half sich gegenseitig, wenn notwendig. Heute sind den Meisten ein paar Kilometer fahren schon zu viel.«

Der Hieb saß. Insa fuhr sich verlegen mit der Hand über den Mund.

Ihr Vater stand auf. »Ich koche uns einen Kaffee. Es

gibt noch Kuchen, ist allerdings gekaufter, hinten im Vorrat. Den schneide ich uns auf.«

In seinen Augen hatte sich Insa mit Beginn ihres Studiums verändert. Sicher, Düsseldorf war eine pulsierende Metropole, das Leben dort naturgemäß temporeicher, hektischer und erfolgsorientierter als hier an der Küste, wo die Gezeiten seit Menschheitsgedenken hauptsächlich den Takt vorgaben. Aber seine Inken und er hatten doch ein Körnchen von Verantwortungsbewusstsein und Empathie in sie gepflanzt! Wo nur waren diese Eigenschaften geblieben?

Lag es an ihrem Umfeld? Ihr Freund, den er noch nicht kannte, war gar nicht erst mitgekommen. Er selbst hätte seine Herzensfrau niemals diese schwere Fahrt alleine machen lassen. Das verbot ganz simpel der Respekt. Es galt, das zu behüten, was man liebt.

Was Insa ihm von Martin erzählt hatte, stimmte ihn nicht unbedingt positiv. Obwohl, ehrgeizig schien er zu sein. Und da hatte er etwas mit ihm gemein. Das war er ebenfalls von jeher gewesen. Sein Endziel hatte er stets vor Augen gehabt: als Kapitän über die Weltmeere zu schippern. Er hatte dieses berufliche Ziel, bei allem, was auch privat passierte, nie aus dem Blickfeld verloren.

Und er wurde mit einem Schatz namens Inken beschenkt. Sie hatte nicht ein einziges Mal gemurrt, wenn er sich turnusmäßig für Wochen verabschiedete. »Komm gesund wieder. Gott schütze dich«, waren ihre stets gleichen Worte. Und sie fügte unerschütterlich und augenzwinkernd »Ahoi, Kapitän« dazu, dabei an seine Mütze tippend. Wie oft fiel der Abschied schwer, besonders, als Insa geboren war.

Aber stand er erneut auf dem Schiff, roch die salzige Meerluft, beobachtete die sich auftürmenden Wellen, spürte die Gischt im Gesicht oder betrachtete die Morgensonne am Horizont, war er von Neuem mit sich im Reinen.

Er durfte Freiheit *und* Verbundenheit leben. Was für ein Glück! Vielleicht war dem intensiven Glücklichsein ein zeitliches Limit gesetzt? Dann war es schlichtweg vorbei und andere Menschen hatten ein Anrecht darauf. Wer weiß? Aber musste man ihm unbedingt Inken nehmen? Wäre es nicht auch eine Spur weniger schlimm gegangen?

Ähnliche Gedanken beschäftigten Insa.
Warum nur war es für sie derart knüppeldick kommen? Weshalb durfte sie ihren Großvater nicht mehr lebend antreffen?
Zwei Minuten nur – was wäre daran falsch gewesen? Sie hätte ihren Opa noch einmal umarmen und ihm sagen können, wie sehr sie ihn liebt. Warum, warum, warum? Es war vorbei. Unwiderruflich. Das nagende Schuldgefühl aber blieb.

»Insa, magst du den Kuchen aufschneiden und auf den Tisch stellen?«, riss ihr Vater sie aus den Gedanken.

Sie sprang auf und eilte in die Küche.

Als sie mit dem Kuchen zurück ins Wohnzimmer trottete, klatschten die ersten dicken Regentropfen ans Fenster. Ihr Vater kam mit dem Kaffee zum Tisch, ging jedoch nochmals zum Vorrat, um ein Leckerchen in Form eines Knochens für Kolumbus zu holen, der den Empfang schwanzwedelnd quittierte. Er peilte seine Decke in der Ecke an, drehte sich dort einmal um die eigene Achse, ließ sich fallen und widmete sich nunmehr intensiv schmatzend und knabbernd seinem Snack.

»Er ist ein lieber Kerl, nicht?« Insa betrachtete den großen Hund.

»Ja, ein wahrer Hundeschatz – und nun ein sehr einsamer. Opa und er waren ständig zusammen.«

Jetzt wurde Insa bewusst, dass auch eine Lösung für Kolumbus gefunden werden musste. »Was wird aus ihm?«

»Ich weiß es nicht. Ich kann ihn nicht nehmen, ich bin nicht ständig hier.«

Kolumbus schien zu fühlen, dass man von ihm sprach. Er hob den Kopf und sah mit seinen schwarzen Knopfaugen aufmerksam zu ihnen hin.

»Ich kann es ebenfalls nicht. Ich wohne in Düsseldorf mitten in der Stadt. Und abgesehen vom fehlenden Auslauf bin ich gut zehn Stunden am Stück nicht verfügbar.«

Der Kopf von Kolumbus sank herab. Insa war betroffen. Spürten Tiere am Ton der Menschen, dass etwas nicht in Ordnung war?

Ihr Vater holte tief Luft. »Tja, wir müssen schauen.« Er nahm einen Schluck Kaffee und sah aus dem Fenster. »Es gießt.« Dann kratzte er sich nachdenklich am Kopf. »Ich spreche mit Annie«, entschied er. »Wir werden dann schon die beste Lösung für Kolumbus finden, wie immer sie auch aussehen mag.«

Insa hätte sich gewünscht, dass er nun endlich etwas zu Annie und ihrer Schwangerschaft sagte, denn das brannte ihr auf der Seele. Aber dieses Thema schnitt er nicht an.

Deshalb startete sie einen Versuch, obwohl sie

sich dabei nicht gut fühlte.
»Papa, darf ich dich etwas fragen? Hast du ...?«
Das Klopfen an der Wohnungstür ließ sie verstummen.

♥ 10 ♥

Ihr Vater stand auf und öffnete. »Komm rein, Liebes.«

Annie trat ein. »Störe ich?«

»Keineswegs. Wir trinken Kaffee. Möchtest du?«

»Nein, danke, ich hatte Besuch und habe genug Flüssigkeit gehabt.«

Insa forschte in Annies Gesicht. Sie sagte das völlig locker, erwähnte nicht, wer sie denn besucht hatte. Und ihren Vater schien das nicht weiter zu interessieren. Er informierte sie über die Dinge, die er heute hatte erledigen können.

»Wenn ich euch helfen kann, beim Schreiben von Adressen oder so, ich mache das gerne.« Annie erschrak. »Gott, nee, das war völlig falsch ausgedrückt. Gern passt hier wohl gar nicht. Ich wollte ausdrücken ...«

Insas Vater unterbrach sie, indem er sie um die Schultern nahm. »Alles gut. Wir wissen genau, wie du das meinst. Setz dich doch bitte zu uns.« Er führte sie an den Tisch und erleichtert glitt Annie auf einen Stuhl.

Sie ist total hübsch, dachte Insa. Auf irgendeine

Art hatte man das Gefühl, man müsse sie beschützen. Diese Sorte Frauen strahlen etwas auf Männer aus, was ihre Beschützermentalität anspricht, empfand Insa. Das funktionierte in der Tat auch bei ihrem Vater!

Insa betrachtete Annies Bauch. »Wann ist es denn soweit?« Sie konnte ihre Neugier nicht unterdrücken.

»Ende April soll er kommen.« Annie strich automatisch über ihre Kugel und lächelte.

»Das bedeutet Leben hier im Haus«, ergänzte ihr Vater und zwinkerte der Schwangeren zu. »Willst du nicht doch ein Stückchen Kuchen mit uns essen?«

»Na gut. Aber nur ein Winziges.« Sie nahm den Teller entgegen, der ihr gereicht wurde.

»Ach, Jens«, sagte sie mit einem Augenaufschlag, »würdest du mir einen Gefallen tun? Meine Armatur im Bad ist irgendwie locker, sie wackelt. Könntest du da bitte nachsehen?«

»Ich will gleich noch eben nach Bremerhaven zum Kreuzfahrtterminal. Es gibt einiges zu klären und ich muss meine neue Einsatzzeit koordinieren. Das ist telefonisch immer etwas schwieriger. Mache ich heute Abend, okay?«

»Dankeschön.«

Insa kam erneut auf das Baby zurück. »Hast du schon einen Namen?« Sie fragte bewusst *du* und nicht *ihr*, vielleicht äußerte sich einer von ihnen darauf endlich. Aber wieder nichts!

»Ich überlege ständig. Jeden Tag gefällt mir ein anderer Name gut. Es ist ja noch ein bisschen Zeit.« Bei dieser Auskunft sah sie verlegen zu Boden. Warum eigentlich, fragte sich Insa.

Die Drei unterhielten sich eine Weile, dann stand der Kapitän auf. »Ich denke, ich bin am frühen Abend zurück. Wollen wir gemeinsam essen?«

»Ich nicht«, beeilte sich Annie zu sagen. »Ich muss meine Reste vertilgen, ich mag nichts wegwerfen. Außerdem, wenn ich vom Arzt komme, bin ich immer ziemlich groggy. Ist wohl die Aufregung. Ich habe heute um halb sechs noch einen Ultraschalltermin. Ich bin gespannt, wie er gewachsen ist.«

»Okay, tschüss ihr zwei. Bis später!«

Insas Vater schlüpfte in seine warme Winterjacke, schnappte sein Handy und war raus aus der Tür. Die beiden Frauen blieben zurück.

»Soll ich mal nach dem wackelnden Teil da oben gucken?«, schlug Insa vor.

»Du kannst das?« Annie war sichtlich erstaunt. »Mir gelingt durchaus die eine oder andere Reparatur. Seitdem ich im Rheinland wohne, muss ich fast alles alleine regeln.«

Sie erwähnte nicht, dass Martin zwar ein Händchen für Finanzen, aber nicht für Instandsetzungen hatte. Sie empfand es jedoch als überbewertet, das von einem Mann zu verlangen. Sie ergänzten sich auf andere Art und Weise.

»Du kannst gern dein Glück versuchen.«

Wo ihr Großvater seine Werkzeuge aufbewahrte, wusste Insa. Mit einer großen Zange bewaffnet, traten die beiden Mädels den Weg nach oben an, mit Kolumbus im Schlepptau.

Insa legte sich halb unter das Waschbecken und Annie kicherte. »Sieht fachmännisch aus.«

»Frau muss sich eben zu helfen wissen. Wir brauchen nicht für alles Männer.« Starke Worte, wertete

Insa die gerade selbst gesprochenen – und postwendend kam der Gedanke an Martin auf. Er ließ sie hier oben allein. Und in die Traurigkeit mischte sich ein bisschen Wut, die sie jedoch abschüttelte, als sie die wackelnde Armatur ins Auge fasste. »Die Schrauben sind nur locker.«

Mit wenigen Handgriffen war die Armatur wieder fest. Allerdings musste sie mehrfach pausieren, da die Schnüffelnase von Kolumbus fortwährend über ihr war. »Mensch Junge, tu den dicken Kopp weg!«

»Er will mithelfen«, versicherte Annie.

Insa versuchte, die fellige Schnauze mit dem Ellenbogen ein wenig an die Seite zu drängen.

Beherzt machte Annie dem ein Ende. Sie zog Kolumbus am Halsband weg. »Sei lieb jetzt.« Sie zeigte mit dem Finger in Richtung Wohnzimmer. Brav, aber dem Blick nach zu urteilen durchaus beleidigt, trottete Kolumbus aus dem Bad.

Insa schob sich hervor, blieb auf der Erde sitzen und sah zufrieden zu Annie hoch. »Problem beseitigt, sogar mit oder trotz tatkräftiger Hundehilfe.«

»Dankeschön. Wie kann ich das gutmachen?«

»Gar nicht, ist selbstverständlich.«

»Ich habe für übermorgen Freunde zum Spaghetti-Essen eingeladen. Willst du dazukommen?«

»Ich?« Insa war die Überraschung anzusehen. »Aber du brauchst mich wegen den Peanuts mit dem Waschbecken nicht einzuladen.«

»Ich hätte dich gern dabei. Es wird bestimmt eine muntere Runde. Und du hast es doch nicht weit. Ein paar Treppen nur. Du kannst also beruhigt ein Gläschen Wein trinken. Die anderen nicht.« Annie sah an sich herunter. »Ich auch nicht«, grinste sie.

Insa überlegte kurz. Sollte sie aufgrund der Trauer

lieber nicht?

Diesen Gedanken schien Annie erraten zu haben. »Es wird keine Fete hier. Es soll ein nettes Treffen mit ein bisschen Austausch sein. Fröhlichkeit liegt mir jetzt nicht, wo Henrik gerade erst ...« Ihr versagten die Worte.

Für Insas Ohren klang es ein wenig befremdlich, dass Annie ihren Großvater beim Vornamen nannte. Sie überlegte kurz, entschied sich dann doch für die Einladung. »Okay, ich komm gern dazu.«

»Schön. Ich freu mich.«

Am Sonntag reise ich übrigens zurück nach Düsseldorf.«

»So schnell?« Dabei sah Annie auf die Uhr. »Ui, ich muss mich beeilen. Noch fix duschen und los.«

»Hast du nicht gesagt, der Termin ist um halb sechs, oder habe ich das missverstanden?«

»Klar. Aber mein Auto ...«, sie stockte einen winzigen Moment, »mein Auto ist defekt, eine Reparatur kann ich mir derzeitig nicht leisten und daher muss ich den Bus nehmen. Der eiert erst quer durch Cuxhavener Straßen.«

Automatisch sah Insa aus dem Fenster. Es goss immer noch in Strömen und der Wind blies weiterhin kräftig. Einen Schirm halten? Völlig unmöglich. Da sagte sie ohne weitere Überlegung: »Ich fahre dich.«

»Aber das kann ich nicht verlangen«, wehrte Annie ab.

»Hast du ja auch nicht. Ich mache das freiwillig.«

Annie zögerte noch und deshalb setzte Insa »echt« hinterher.

Das konnte sie annehmen. »Wie schön, somit bleibt uns mehr Zeit.«

Sie hörten, wie Kolumbus Wasser schlabberte. »Oha, der Herr trinkt. Da werde ich aufwischen gehen.« Annie lief ins Wohnzimmer. »Er verteilt das nämlich immer großzügig.«

Insa ging hinterher und fasste sich ein Herz. Sie musste es wissen. »Du, darf ich dich was fragen?«

»Sicher«, kam die klare Antwort von der wischenden Annie.

»Warum fährt dich denn der Vater des Babys nicht?«

♥ 11 ♥

Anni brachte erst das Papier in den Mülleimer. Insa erschienen die wenigen Sekunden wie Stunden, eine derartige Anspannung empfand sie. Und sie bekam eine vertröstende Antwort.

»Ich erzähle es dir gleich. Aber lass mich vorab duschen, damit ich fertig bin.« Sie schaute zu Kolumbus. »Er muss, bevor wir losfahren, auch noch einmal kurz raus.«

»Okay, ich sause mit ihm los.« Insa stand auf. Kolumbus schien zu bemerken, dass er gemeint war, denn er rappelte sich hoch und tapste zur Tür.

»Nimm meinen Friesennerz«, schlug Annie vor. »Das ist ein langes Teil, es geht bis in die Knie. Und Gummistiefel stehen ebenfalls an der Garderobe. Größe 38, sofern du reinpasst.«

»Als wären es meine Sachen«, griente Insa, als sie den gelben Regenmantel überwarf und in die dunkelgrünen Gummistiefel schlüpfte. »Ich brauche noch die Leine von unten.«

Annie griff hinter eine Jacke an der Garderobe. »Hier hängt übrigens eine. Ist praktischer, zwei zu haben, da Kolumbus immer von unten nach oben und oben nach unten unterwegs ist – oder war.« Sie seufzte.

Dieses Mal legte Insa mehr eigene Kraft auf die Leine und beide kamen recht unproblematisch die Treppe hinab. Sie öffnete die Haustür und sofort schlugen ihr dicke Regentropfen entgegen. Sie schienen nur darauf gewartet zu haben, Einlass zu erhalten. Selbst Kolumbus zögerte.

»Komm, Großer, hilft nix, es geht los.«

Der Regen lief ihr vom Kapuzenrand über das Gesicht, auch die Beine wurden auf dem kurzen Stück zwischen Ende der Regenjacke und den Gummistiefeln klitschnass. Nachdem sie sich erst wieder an dieses Gefühl gewöhnen musste, freute sie sich aufrichtig. Ja, das war Zuhause! Das war ihre Heimat. In Düsseldorf hätten sie bei Sauwetter keine zehn Pferde vor die Tür bekommen.

Sie lief nur eine Mini-Runde, denn selbst Kolumbus zog es zurück. Er wurde immer schneller, je näher sie Großvaters Haus kamen.

Drinnen rubbelte sie zuerst den Hund ab, der es erkennbar genoss und sie noch ein paarmal spielerisch anstupste, als sie sich als Nächstes aus den nassen Klamotten schälte. Unter beiden hatte sich eine kleine Wasserlache gebildet, die sie mit dem feuchten Handtuch aufwischte.

Kolumbus stapfte energisch die Treppen nach oben und blieb erwartungsvoll und schwanzwedelnd vor Annies Tür stehen.

»Warte, Großer, ich muss mir erst eine trockene Hose anziehen.«

Insa huschte in Großvaters Wohnung und holte eine frische Jeans aus der Reisetasche. Glück gehabt, dass sie sich nicht hatte entscheiden können und ihr Gepäck deshalb die Auswahl von vicr Hosen bot.

Kolumbus schoss die Treppe wieder herunter, lief in die Wohnung, fand Insa und schnupperte an ihren nackten Oberschenkeln.

»Hör auf, das kitzelt!« Sie schob seine feuchte Schnauze an die Seite. Die dunklen Augen sahen sie an und ihr Herz schmolz.

Sie hörte, wie sich die Tür oben öffnete und Annie rief: »Seid ihr wieder da? Dann kommt rein!«

Kolumbus drehte sich um, rannte hinaus und stürmte die Treppe herauf. Insa lief hinterher. Als sie aus der Tür kam, sah sie nur noch die Schwanzspitze in Annies Tür verschwinden. Wie fix Tiere doch im Gegensatz zu Menschen sein konnten! Gut, vier Beine, mindestens doppelte Geschwindigkeit.

»Hey, du siehst schick aus!« Insa staunte, als sie Annies Wohnung betrat.

Annie trug ein weites Kleid und Stiefel. »Ich trag bei Schietwetter normalerweise nur Hosen. Aber beim Gyn, da hab ich lieber was über dem Allerwertesten, wenn ich zum Stuhl muss, also ... du weißt schon.« Sie war spürbar verlegen.

»Gut, dass es anderen Frauen genauso geht«, meinte Insa ehrlich. »Ich hab auch immer was Langes an.«

»Dabei sieht der Doc am Tag sicherlich deutlich Schlimmeres. Und interessieren tut ihn das ebenfalls nicht. Überleg mal, wie viele Popos und Brüste der täglich anschauen muss.«

»Mein Job wäre das nicht.«

Beide grinsten sich unsicher, aber doch auch ein wenig verschwörerisch an.

»Setz dich bitte noch einen Moment.« Annie machte eine einladende Geste zum Sofa hin und Insa plumpste darauf. Kolumbus rollte sich unterdessen auf dem großen, in der Ecke liegenden Kissen ein.

»Ich glaube, er hat genug.« Insa schmunzelte.

»Ich habe uns noch einen Kakao gekocht.« Mit zwei Tassen kam Annie an den Tisch balanciert und scherzte. »Bald kann ich meinen Bauch als Tablett benutzen.« Sie setzte Insas Tasse ab und wurde ernst. »Du hast mir vorhin eine Frage gestellt. Ich will ehrlich zu dir sein.«

Insa konnte nicht vermeiden, dass sich ihr Herzschlag verdoppelte. Jetzt erhielt sie eine Antwort!

War ihr Papa der Vater des ungeborenen Kindes und warum hatte er es die letzten Monate verschwiegen?

Wurde sie große Schwester von einem viel jüngeren Bruder? Das las man sonst nur in Klatschmagazinen und schien normalerweise weit weg von den persönlichen Lebensumständen der eigenen Familie – oder war es schlagartig doch ganz nah?

Annie nahm erst einen Schluck Kakao und stellte die Tasse auf dem Tisch ab, als sich Insas Handy meldete.

»Entschuldige bitte, Annie, das ist mein Freund.«

Annie wollte aufstehen, doch Insa machte ihr Zeichen, sitzen zu bleiben. Sie stand auf und ging kurz in den Flur hinaus.

»Hallo Martin, wie schön, dass du anrufst.« Insa freute sich.

»Mein Mäuschen, wie geht es dir?«

»Na, den Umständen entsprechend. Es ist einfach

nur schlimm.«

»Und was machst du?«

Beinahe wäre Insa versucht gewesen, umfänglich zu berichten, aber sie stand auf dem Flur, sicherlich in Hörweite, sollte Annie gute Ohren haben. Daher sprach sie unverfänglich von Kolumbus und endete mit: »Er hat süße braune Schlappohren, das Fell ist eher beige. Oh, und die Nase rabenschwarz. Total süß! Er ist ein toller Hund.«

Am anderen Ende war es leise geworden. »Aber du bringst ihn doch nicht mit, oder?«

»Quatsch! Wo soll der arme Kerl denn hin den Tag über? Nein, nein, er bleibt hier.«

»Gut, Hunde riechen nämlich.«

Ach, das war seine Sorge! Insa war entgeistert. Und getroffen.

»Insa-Maus, kommst du denn jetzt am Sonntag?«

»Das haben wir doch abgemacht.«

»Weißt du, Paul hat mich gefragt, ob ich am Wochenende mit ihm nach Berlin zu einem Hardrock-Konzert fahre. Er will morgen früh los. Und da du sowieso erst am Sonntag kommst ... wir können uns doch am Montag sehen.«

»Am Montag gehe ich wieder arbeiten. Und ich denke, du hast für uns einen Tisch reserviert?« Der eisige Windhauch ihrer Worte erreichte Martin durchs Telefon.

Deshalb beeilte er sich zu sagen: »Wir sind ja irgendwann Sonntagabend zurück. Ich komme dann sofort zu dir. Aber essen gehen wir ein andermal, okay?«

Was sollte Insa da entgegnen? Er würde auf jeden Fall fahren. Also stimmte sie zu. Vielleicht war es sogar besser, dass sie ein paar Stunden Ruhe in ihrer eigenen Wohnung haben würde.

Sie sagten tschüss und Martin schickte ihr »tausend Küsse«.

Ehrlich gesagt, die taten es jetzt auch nicht.

»Du siehst nicht glücklich aus.« Annie hatte gespürt, dass der Anruf kein erfolgreicher war.

»Ich fahre Sonntag zurück. Geplant war, dass wir uns mittags treffen, aber jetzt will er mit seinem Freund nach Berlin zu einem Hardrock-Konzert.«

»Heiraten willst du ihn nicht in absehbarer Zeit, oder?«

Insa schaute Annie völlig verdattert an. »Nee, da ist vorerst kein Gedanke dran.«

»Dann ist es doch gut. Lass ihn. Und du kannst dich weiterhin überprüfen, ob er und sein Verhalten in dein zukünftiges Leben passen.«

Das war eine überraschend ehrliche Sicht der Dinge, empfand Insa, und ärgerte sich auf einmal deutlich weniger über Martins egozentrische Handlungsweise. »So habe ich die Sachlage noch gar nicht betrachtet.«

»Siehste. Unter Umständen sind schwangere Frauen brauchbar weise.« Sie kicherte los. »Passend gesagt, wie?«

Insa griente und nahm einen Schluck Kakao. »Mmh, der ist total lecker.«

»Mit echter Schoki gemacht. Das ist nicht zu toppen. Und ich habe in der Vergangenheit Schokolade als reine Nervennahrung verschlungen.«

Sie begann zu erzählen.

♥ 12 ♥

Annie hatte den Vater ihres Kindes, einen Skandinavier, im letzten Urlaub in Südfrankreich kennengelernt.

»Blond und groß war er. Ein total netter Typ. Ich hatte seit Längerem keine Beziehung mehr und hab mich einfach nach ein bisschen Nähe gesehnt. Da ist es dann geschehen. Und ehe du fragst, warum ich so blöde bin und nicht verhütet habe. Haben wir. Mit Kondom. Und doch ist es passiert.« Tränen glitten lautlos ihre Wangen hinab.

»Warum weinst du denn, wenn er ein toller Typ ist?« Insa war betroffen.

»Weil ich nicht weiß, wo er herkommt und wer er ist.«

Das hatte Insa nicht erwartet. »Auaha ...«, mehr brachte sie nicht zustande.

»In unserem Hotel, ich war mit einer Arbeitskollegin dort, gab es einen Musikabend. Open-Air, offen für alle. Er war kein Gast des Hotels, aber mit einigen Freunden da. Die Chemie stimmte sofort, die Nacht war lau und der Strand einsam, die Sterne funkelten ...«

»Ah ...«, hauchte Insa verlegen, stellte sich aber durchaus diese romantische Szene vor.

»Er hat mich nachher gentlemanlike zum Hotel gebracht und das war's. Für uns beide war das in Ordnung. Am anderen Tag sind wir abgereist und ich habe eine schöne Erinnerung mitgenommen. Dass es eine Bleibende ist und mein Leben prägen wird, das konnte ich nicht ahnen.«

»Sag mal, trägst du ständig Kondome mit dir rum?«, haute Insa sehr direkt raus.

»Nee. Das war von ihm.«

Jetzt erst wurde Insa das volle Ausmaß bewusst. »Ach du Schreck! Kapiert! Das heißt, du weißt gar nicht, wer der Vater ist?«

»Nur seinen Vornamen. Norweger, Däne, Schwede? Keine Ahnung!« Annie begann zu schluchzen und schlug die Hände vors Gesicht.

»Oh oh, nicht weinen, Annie, nicht weinen!« Insa sprang auf und hechtete zu ihr. »Wie siehst du denn gleich aus, wenn du zum Arzt musst!« Liebevoll nahm sie die verzweifelte junge Frau in den Arm.

Kolumbus raffte sich auf und kam ebenfalls dazu, legte seine dicke Schnauze auf Annies Oberschenkel und sah mit seinen schönen Augen zu ihr auf. Sie strich sanft über sein Fell.

»Stimmt«, schniefte sie und begann sich zu beruhigen. Sie griff nach einer Packung Tempos, die auf dem Tisch lag, grabbelte eins heraus und schnäuzte sich kräftig. »Es ist nur total scheiße! Nie hätte ich gedacht, dass *mir* jemals so was passieren kann. Das sieht man in diesen doofen Sendungen im Fernsehen und denkt, sind die Weiber dämlich! Erst glaubt man, es ist ein Albtraum und nicht wirklich wahr.« Annie atmete tief ein. »Aber jeden Morgen holt mich die nackte Realität ein.«

»Ich hab keine Ahnung von Schwangerschaften. Wann hast du es gemerkt?«

»Meine Tage blieben aus. Gut, sie verschieben sich, vermutete ich, kommt bei mir öfter vor. Also dachte ich mir nichts dabei. Ich hatte auch das typische Ziehen im Rücken. Zwei Wochen später war mir morgens komisch übel. Da habe ich zuerst noch vermutet, ich hätte das Essen vom Vorabend nicht vertragen, es war recht fettig gewesen. Als das ein paar Tage anhielt, bin ich zum Arzt gegangen, um mich zu beruhigen. Aber es gab nichts zu beruhigen. Und siehst du dann den winzigen Punkt, der sich auf dem Ultraschall abzeichnet ...«, sie begann erneut, allerdings jetzt verhalten, zu weinen.

Kolumbus leckte innig ihre Hand. »Ach du Süßer!« Der liebevolle Hund entlockte Annie nun doch ein, wenn auch tränenverhangenes, zaghaftes Lächeln.

Insa wuchs in diesem Augenblick über sich hinaus. Sie konnte selbst kaum glauben, was sie da mit Zuversicht äußerte.

»Weißt du, alles, was passiert, hat einen Sinn. Und das Leben bahnt sich immer seinen Weg. Glaub mir, es hat so sein sollen. Dieses Kind, dein Sohn, wird sicherlich dein größtes Glück werden. Er hat sich immerhin in widrigen Umständen durchgesetzt ... ich meine, also ... hm ...«, hier vermied sie Blickkontakt, »so ein Kondom ist jedenfalls eine große Herausforderung. Das zu umschiffen, beziehungsweise eine winzige Gelegenheit perfekt zu nutzen, dazu gehört ordentlich Willenskraft. Und die scheint das kleine durchsetzungsfähige Wesen ja zu haben!«

Annie hatte aufgehört zu weinen und sah Insa verdutzt an. »Auf diese Weise habe ich das noch gar nicht betrachtet. Wenn du das so positiv siehst ...«

Insa nickte ambitioniert, weiterer Worte nicht fähig. Und als ob Kolumbus sie unterstützen wolle, leckte er erneut eifrig über Annies Hände.

»Du musst hier links«, dirigierte Annie Insa durch den Cuxhavener Verkehr, während die Wischer auf höchster Stufe arbeiteten.

»Früher konnte man da doch rechts abbiegen«, wunderte sich Annie.

»Es ist schon länger eine Einbahnstraße.«

»Mensch, dieser Regen! Und zudem die Scheinwerfer des Gegenverkehrs, die unangenehm blenden. Mir macht das echt Probleme. Warum eigentlich? Ich bin doch nicht alt.«

»Tröste dich, mir geht es genauso. Aber wir sind gleich da. Nur hier noch um die Ecke. Es gibt genügend Parkplätze.«

»Ich glaube, Kolumbus war beleidigt, dass wir ihn nicht mitgenommen haben«, meinte Insa, als sie den Wagen auf einen freien Parkplatz steuerte. »Irgendwie hat er mir voll leidgetan.«

»Mir auch. Aber er muss mit der veränderten Situation klarkommen. Er war immer mit deinem Großvater zusammen und sehr selten allein. Ich denke, er hat jetzt schlichtweg Verlassensängste, weil dein Opa nicht mehr da ist. Er versteht ja nicht warum. Aber er hat ein Leckerchen bekommen, damit sieht seine Hundewelt ganz sicher erheblich wuffiger aus.« Annie schnallte sich ab. »Kommst du mit rein?«

»Soll ich?«

»Ich würde mich freuen.«

Gemeinsam stiegen sie aus und rannten, die Kapuzen über den Kopf gezogen, die wenigen Schritte bis zum Eingang.

Die Wartezeit war kurz. Zuerst wurde Annie an den Wehenschreiber angekabelt. Insa betrachtete mit Interesse die Kurven, die das Gerät aufzeichnete. »Sieht ziemlich gleichmäßig aus. Merkwürdige Geräusche macht das Teil.«

»Das muss so«, freute sich Annie, »ein Zeichen, dass alles okay ist.«

Danach ging es weiter zum Arztzimmer. Insa war unentschlossen. »Kann ich da wirklich mit?«

»Eine Person darf dabei sein. Komm!«

Dem Arzt stellte sie Insa als ihre Freundin vor, die sie heute gefahren hatte. Die Bezeichnung Freundin tat Insa erstaunlich gut. Und sofort kam der Gedanke an Anke hoch. Sie hatte sich nicht gemeldet. Wie schade. Oder wartete sie etwa auf eine Nachricht von ihr? Aber Linda hatte doch auch angerufen.

Weiter darüber nachdenken konnte sie nicht, denn sie sah das erste Mal live die sich bewegenden Bilder eines kleinen Menschen im Körper einer Frau. Fasziniert schaute sie zu.

Annie war im Eifer des Gefechtes. »Als er noch winziger war, konnte man ihn natürlich besser erkennen. Aber dafür ist jetzt das Gesichtchen klarer. Toll, nicht?«

»Und wie! Das Gesicht kann man deutlich sehen.«

Der Arzt fuhr mit dem Schallkopf über Annies Bauch, die ihren Blick ebenfalls gebannt auf den Bildschirm gerichtet hielt. Er schmunzelte. »Na so was, das kleine Kerlchen lächelt.«

Insa konnte es gut erkennen und war fasziniert.

Annie hatte anscheinend die Sorgen vergessen und strahlte. »Du hättest ihn vor einigen Wochen sehen sollen, da hat er kurz das Mini-Händchen gehoben, es sah tatsächlich aus, als ob er mir winkt.«

Die Untersuchung schritt fort, der Arzt erzählte noch ein bisschen und schloss mit den Worten: »Liebe Frau Jessen, ihr Sohn ist gesund, alles drum und dran und genau, wie die Entwicklung sein soll.«

Das Glück konnte man Annie ansehen, als sie sich langsam von der Liege aufrichtete und mit dem ihr gereichten Papiertuch das Gel von ihrem Bauch wischte.

Fast hatten sie das alte Kapitänshaus wieder erreicht und Insa war immer noch sichtlich beeindruckt.

»Es war echt toll. Ich habe bisher nie Ultraschallbilder von einem Baby gesehen, nur im Fernsehen, aber das ist ja was komplett anderes.« Eine Frage drängte sich ihr auf. »Sag mal, wie willst du das denn machen nach der Geburt oder vielmehr, was arbeitest du eigentlich?«

♥ 13 ♥

»Ich bin Schulsekretärin. Aber der Arzt hat mich schon rausgezogen, weil ich täglich mit vielen Menschen und somit von reichlich Bakterien und Keimen umgeben bin. Da ist es besser, zu Hause zu sein.«

»Und was hat dein Auto?«

»Irgendeine Scheißreparatur, die mich zweitausend Euro kostet. Das geht derzeit nicht. Ich benötige Sachen für das Baby. Zumindest ein Babybett, eine Wickelkommode sowie eine Erstausstattung von Stramplern, Bodys, Windeln, halt so was.«

»Du brauchst das Auto doch. Du hast Termine beim Kinderarzt, du musst einkaufen mit dem Kind, wie willst du denn alles zu Fuß nach Hause schleppen?«

»Ab und zu kann ich den Wagen von meinem Bruder haben. Den werde ich mir zu besonderen Gelegenheiten leihen.«

»Wohnt dein Bruder auch hier in Cuxhaven?«

»Ja. Er führt ein kleineres Hotel nahe der Grimmershörnbucht, also gar nicht so weit weg vom Kapitänshaus hier. Er liebt Hunde, deshalb gibt es bei ihm das Angebot *Urlaub mit Hund*. Und da Hundebesitzer an jedes Wetter gewöhnt sind, weil sie mit ihrem tierischen Freund eh raus müssen, ist das Hotel auch während der Nebensaison und sogar im Winter gebucht. Nicht ausgebucht, aber immerhin nicht leer.«

»Oh ... Hund! Ob Kolumbus schon wartet?«

Doch sie entdeckten den Wagen von Insas Vater vor der Tür.

Annie schnallte sich ab. »Da hat Kolumbus ja Glück gehabt.«

Insas Vater erwartete sie. Annie verkündete ihrem väterlichen Freund die positiven Nachrichten bezüglich des Babys und verabschiedete sich in ihre Wohnung.

»Irgendwie bin ich ein bisschen schlapp heute. Schlaft gut, ihr zwei, bis morgen.«

Insa saß noch lange mit ihrem Vater zusammen. Sie berichtete ihm von ihrem Leben in Düsseldorf und gestand ihm, dass sie des Öfteren am Rhein saß und Schiffe beobachtete.

»Küstenkinder eben. Sie müssen Wasser in ihrer Nähe haben«, urteilte ihr Vater.

Als er für die Nachtrunde mit Kolumbus rausging, verzog sich Insa in Großvaters Wohnung. Nach einer Katzenwäsche lag sie auf der Couch. Ins Schlafzimmer ging sie nicht und das Licht ließ sie an. Die nächtliche Schwärze war ihr unangenehm, fast wie eine Bedrohung. Angst kroch in ihr hoch, als könne die Dunkelheit ihre Gedanken kapern und sie damit quälen.

Automatisch lief das Geschehen der letzten vierundzwanzig Stunden noch einmal vor ihrem geistigen Auge ab. Ihr Leben hatte sich schlagartig geändert. Nichts war mehr wie vorher. Ein schreckliches Ereignis verändert viel, empfand sie mit großem Schmerz.

Von ihrem Freund Martin hätte sie anderes erwartet, vor allen Dingen Anteilnahme. Sie fühlte sich von ihm im Stich gelassen. Von Kollegin und Freundin Anke ebenfalls. Sie hatte heute nicht angerufen. Insa hätte das getan, wäre es umgekehrt, allein, um zu hören, wie es ihr ging – und natürlich ihrem Großvater. Sie konnte ja nicht wissen, dass er verstorben war, es sei denn, Linda hätte es ihr gesagt. Ein Anruf wäre so oder so wichtig gewesen!

Und Linda? Von ihr hätte sie ein Telefonat am wenigsten erwartet. Tatsächlich war sie von den Dreien diejenige, die Anteil nahm. Sonderbare Welt manchmal. Mit diesen Gedanken schlief sie ein.

Annie hatte noch ein Weilchen wach gelegen, auf der linken Seite, wie es ihr empfohlen worden war.

Sie wusste natürlich, dass es Insa gab, aber sie war doch völlig von ihr überrascht. Den Erzählungen nach hatte sie sich eine gestylte und modisch versierte junge Frau vorgestellt, die den *Typ ehrgeizig* verkörperte und in einer Parfümwolke durch die Gegend rauschte. Stattdessen trug sie Jeans und Sweatshirt, einen Pferdeschwanz und kaum Makeup.

Vielleicht hatte sich dieses falsche Bild eingegraben, weil sie die Traurigkeit von Henrik Jakobsen spürte. Wie hatte er in einer ruhigen Stunde erwähnt: »Ihr war die Welt hier zu klein. Glaub mir, Annie, Düsseldorf ist zu groß für sie, zu hektisch und zu materialistisch. Das ist Insa nicht. Aber sie

braucht noch ein bisschen, um das zu erkennen.«
Sein betrübter Blick sprach Bände.

Kennengelernt hatte sie den alten Kapitän in höchster Not.

Sie hatte sich von ihrem Freund getrennt. Leider wohnte sie bei ihm und deshalb musste sie sich eine neue Bleibe suchen. Die Sache zog sich hin und ihr Ex wurde ungeduldig. Sie wollte unbedingt weg und er wollte sie unbedingt aus der Wohnung haben. Großartig vorgefallen war nichts, die Liebe hatte sich schleichend verflüchtigt. Und damit kam der Streit wegen Nichtigkeiten. Alles nervte, was der andere tat und jede Kleinigkeit war wie eine angezündete Lunte.

Zuerst konnte sie sich eine schwierige Wohnungssuche in Cuxhaven und Umgebung überhaupt nicht vorstellen. Sie sollte eines Besseren belehrt werden. Die Wohnungen waren entweder zu klein, zu teuer oder völlig veraltet.

Ihr Bruder Arne hatte sie getröstet. »Wenn alle Stricke reißen, kommst du zu mir. Du ziehst in ein Gästezimmer. Oder miete dir übergangsweise eine Ferienwohnung, wenn du mehr Platz willst.«

Aber das war keine Lösung für Annie. Bei ihrem Bruder beengt wohnen? Und einen anderen Punkt gab es zudem. So lieb, wie sie ihn hatte – sie waren doch ziemlich unterschiedlich. Er war äußerst pingelig, was Ordnung und Sauberkeit anging. Sie empfand es als übertrieben. Da würde ihr schlechtes Gewissen permanent schlagen, da sie locker gut zwischendurch alle Fünfe gerade sein lassen konnte.

Eine Ferienwohnung? Was sollte das denn kosten? Ebenfalls nein. Beide Optionen waren nur der letzte Ausweg. Zweimal umziehen hieß auch zweimal packen und schleppen.

Ihr Bruder hatte viele Kontakte und wollte sich umhören, denn er wusste genau, die guten Wohnungen gingen unter der Hand weg, ohne dass sie erst auf den Markt kamen.

Eines Morgens erledigte sie notgedrungen einen Supermarkteinkauf und schob ihren vollen Wagen an der Pinwand *Kaufen – Verkaufen – Verschiedenes* vorbei.

Soeben klemmte ein großer alter Mann einen Zettel ans Brett. Er war für sie die Figur eines typischen Opas, dazu passte sein schlohweißer Bart hervorragend. Im Kostüm gab er sicherlich einen grandiosen Nikolaus ab. Sie lächelte innerlich und ihre schlechte Laune verschwand.

Sie wollte unbedingt wissen, was er denn anzubieten hatte! Deshalb schob sie ihren Einkaufswagen nah an ihn heran. Er drehte sich um und sie blickte in freundliche dunkelblaue Augen. »Moin«, hörte sie seine tiefe Stimme.

»Moin«, flötete sie zurück. »Was haben Sie denn Schönes zu verkaufen?«

»Nix. Eine Wohnung ist zu vermieten.«

»Eine Wohnung«, rief Annie verblüfft, »ich suche eine!«

»Wenn das man kein Zufall ist!« Der alte Mann sah sie interessiert und prüfend an. »Was muss eine Wohnung für Sie denn haben?«

»Was bieten Sie?« Vor Aufregung wippte Annie auf den Zehenspitzen rauf und runter und schielte auf das kleine Blatt, das er angeheftet hatte.

»Einen größeren Wohnraum mit Küche, zwei

Zimmer, Bad, erstes Obergeschoss.«

»Wo?«

»Fußläufig Grimmershörnbucht.«

Annie wurde fast schwindelig. Perfekt, sofern die Wohnung in einigermaßen gutem Zustand wäre – und natürlich der Mietpreis erschwinglich! Sie könnte sogar zur Schule das Fahrrad nehmen. Und zu ihrem Bruder wäre es erst recht nicht weit.

»Mögen Sie Hunde?« hörte sie.

»Total gerne. Warum?«

»Ich hab einen. Wie wäre es mit einer Tasse Tee oder Kaffee dort drüben?« Er deutete auf den Supermarkt-Backshop. »Wir könnten uns ein bisschen kennenlernen.«

»Mit Freude. Ich bringe nur fix die Einkäufe ins Auto.«

»Dann geh ich schon vor. Ich bin übrigens Henrik Jakobsen.«

»Und ich heiße Annie Jessen.«

Sie schüttelten sich lächelnd die Hand.

Wie ein geölter Blitz kurvte sie mit ihrem Einkaufswagen zu ihrem fahrbaren Untersatz. Hektisch packte sie völlig unkoordiniert ihre Besorgungen in den Kofferraum. Die Aufregung hatte sie fest im Griff.

Ihr Herz schlug immer lauter, je näher sie dem Backshop mit den eher nüchtern gestalteten Tischgruppen kam.

Saß der alte Herr tatsächlich dort?

♥ 14 ♥

Ja, er war da! Er war der Typ Opa, den sie sich in ihrer Kindheit gewünscht hätte. Er strahlte Verlässlichkeit aus, die hätte sie damals gebraucht. Ihre Großeltern hatte sie nie kennengelernt und ihre Eltern waren meist mit sich selbst beschäftigt. Als sie eine Lehre als Erzieherin begonnen hatte, waren sie nach Mallorca ausgewandert. Sie zahlten ihr ein winziges Ein-Zimmer-Apartment genau bis zu dem Tag ihrer Abschlussprüfung. Ab diesem Moment musste sie sehen, wie sie klarkam.

Der einzige Vorteil war – wenn man das so nennen wollte – dass sie und ihr Bruder kostenlosen Urlaub dort machen konnten, aber beide legten herzlich wenig Wert darauf, um nicht zu sagen, gar keinen.

»Da bin ich.« Annie blieb vor dem Tisch stehen.

»Nehmen Sie doch Platz!« Der alte Mann machte eine entsprechende Geste. »Möchten Sie zum Kaffee ein Stückchen Kuchen oder ein belegtes Brötchen?«

Wie nett von ihm, aber sie konnte vor Aufregung sowieso keinen Bissen hinunterbringen. »Danke, nein, ein Cappuccino reicht. Und für Sie? Bitte bleiben Sie sitzen. Ich hole es.«

Er wollte etwas einwenden, aber sie wehrte ab. »Lassen Sie mich das machen, bitte! Keine Widerrede, ich bestehe darauf.« Dabei zwinkerte sie ihn freundlich an und milderte auf diese Weise ihre unnachgiebige Haltung ein wenig ab.

Die Zwei saßen bei heißen Getränken am Tisch und plauderten.

Annies Herzschlag beruhigte sich. Es fühlte sich erstaunlicherweise an, als würden sie sich ewig kennen. Sie empfand aufrichtige Sympathie für den Senior, von dem sie nun wusste, dass er in seinem beruflichen Leben als Kapitän die Weltmeere befahren hatte. Es passte außerordentlich gut zu ihm. Also kein greiser Nikolaus, sondern ein alter Seebär mit weißem Bart!

Der Kaffee war getrunken und er bot ihr an: »Wollen Sie die Wohnung jetzt sehen? Fahren Sie einfach hinter mir her.«

Annie war nahezu atemlos vor Aufregung und Vorfreude. Einen Satz von ihm aus diesem Gespräch hatte sie nicht vergessen. »Das Meer übt eine gewisse Faszination aus, der ich mich nicht entziehen kann.«

Das traf auch auf sie zu. Und nun fußläufig zum Meer wohnen zu können – sie wagte es fast nicht zu hoffen und traute ihren Augen kaum, als sie den Zielort erreichten.

Was für ein schönes betagtes Haus! Und hier gab es eine Wohnung, die sie sich leisten konnte? Schlug das Glück tatsächlich jetzt endlich einmal bei ihr zu?

Der alte Kapitän holte seinen Hund dazu. »Das ist Kolumbus.«

»Hallo Kolumbus. Ich bin die Annie.« Ohne zu zögern hielt sie ihm ihre Hand vor die Schnauze. Der Vierbeiner schnüffelte ausgiebig, um sie dann abzuschlecken. Annie lachte auf. »Sehen Sie, er heißt mich willkommen!«

Erst später wurde ihr klar, dass es eine Art Prüfung gewesen sein musste.

Sie mochte die Räumlichkeiten sofort, besonders die alten Holzdielen, die Gemütlichkeit ausstrahlten. Der Rest wirkte ein bisschen altbacken, aber dem konnte man mit Veränderung der Wandfarben und neuen Leuchten abhelfen. Frische helle Farbtöne würden ein Schmuckstück daraus machen.

Das schlug sie Henrik Jakobsen in ihrer Euphorie gleich vor. Er sah sie prüfend an und fast glaubte Annie, sie hätte sich ihre Chancen damit versemmelt, aber dann stimmte er zu.

Nur einige Minuten später hatten sie sich geeinigt. Der alte Kapitän käme für die Wandfarbe auf, sie würde streichen. Einen Teil der Möbel übernahm sie gern. Das schonte immerhin ihre Kasse. Der Mietpreis stimmte und so gaben sie sich die Hand.

»Vertrag folgt«, hatte er nur gesagt, aber sie wusste, dass sein Handschlag gleichbedeutend war.

Eine Frage brannte ihr noch auf der Seele. »Wann kann ich denn einziehen?«

»Im Prinzip unverzüglich. Aber die Wände sollten erst gestrichen werden.«

»Oh, ich würde gern sofort! Ich habe nicht viele Sachen. Und um die Wände kümmere ich mich nach dem Einzug.«

»Vorher streichen ist sicherlich sinnvoller.«

Annie unterbrach ihn aufgeregt. »Mir macht es nichts aus, inmitten von Farbtöpfen zu wohnen.« Die Aufregung ließ sie ihre Hände kneten.

Herr Jakobsen stimmte zu. »*Ich* muss das ja nicht aushalten.«

Beschwingt verließ sie das alte Kapitänshaus. Am liebsten wäre sie wie ein Kind glücklich den kleinen Vorgartenweg entlanggehüpft. Sie stieg allerdings nicht ins Auto, sondern lief strammen Schrittes in Richtung Seedeich.

Ich brauche jetzt das Meer, dachte Annie freudig, um meine flatternden Nerven zu beruhigen. Ich wohne bald hier! Was für ein Traum! Was für ein überraschend unerwarteter, wundervoll berauschender Traum!

Keine zehn Minuten hatte sie dort auf einer Bank gesessen, als sie eine tiefe, sonore Stimme hörte: »Auch Pötte kieken?« Der alte Kapitän, mit Pfeife im Mund und in Begleitung seines Hundes, hatte die gleiche Idee gehabt. Er nahm neben ihr Platz, während sich Kolumbus direkt an seinen Füßen ablegte. Einträchtig und ohne viele Worte beobachteten sie die riesigen Containerschiffe, die langsam vorbeizogen.

»Alle müssen die Grimmershörnbucht passieren, wollen sie elbaufwärts nach Hamburg oder von dort in die Nordsee. Cuxhaven ist durch seine Lage ein schönes Fleckchen Erde, sofern man Natur und Gezeiten mag, nicht wahr?« Stolz sprach aus den Worten des alten Kapitäns.

»Und bietet viel. Nordsee und Elbe, Sand- und Grünstrand – und die Kugelbake ist auch ein Hingucker.«

»Genau.«

»Es geht uns gut, nicht?«, sagte Annie glücklich.

»Jau.« Henrik Jakobsen zog an seiner Pfeife und blies den Rauch aus.

Das sollte nicht das letzte Mal gewesen sein, es wurde ein Ritual. Wenn es passte, genossen sie gemeinsam eine kleine Auszeit am Meer, betrachteten staunend die Containerriesen, die im Laufe der Jahre ständig größer geworden waren. Sie sahen die beeindruckenden Großsegler vorbeiziehen und diskutierten über die weißen, fast majestätisch wirkenden Kreuzfahrtschiffe.

Pötte kieken war ein geflügeltes Wort zwischen ihnen geworden.

Sie hatte die Wohnung liebevoll eingerichtet und er war der Großvater für sie geworden, den sie nie hatte. Sie halfen sich gegenseitig, wenn es notwendig war. Annie entdeckte ihre Liebe zum Kochen und Backen, denn Henrik – sie duzten sich natürlich mittlerweile – futterte alles, was Annie zwischendurch zauberte. Manchmal saßen sie bei ihr am Tisch, ab und zu bei ihm oder sie reichte es ihm runter.

Zwischenzeitlich lernte sie seinen Sohn Jens kennen. Die Ähnlichkeit mit dem Vater war unübersehbar, deshalb war er ihr auf den ersten Blick sympathisch. Die Landurlaube von Jens Jakobsen nutzten sie ab und zu für gemeinsame Ausflüge, sofern es Annies Zeit zuließ. Kolumbus war natürlich immer dabei.

Und dann kam der Tag, an dem sie ihrem betagten Freund unter Tränen gestehen musste, dass sie schwanger war – und alleinerziehend sein würde.

Ihr war vor Aufregung unglaublich schlecht gewesen, Magensäure ätzte ihr die Speiseröhre hoch, so sehr schämte sie sich. Sie zitterte vor Angst und konnte es nicht unterdrücken. Aber sie war knochenehrlich und beschönigte nichts.

Henrik hatte zugehört, ohne sie zu unterbrechen.

Als die Tränen kullerten und sie gar nicht mehr wusste, wohin mit den Fingern vor lauter Nervosität, hatte er sich neben sie gesetzt. Der alte Kapitän ergriff ihre beiden Hände und hatte ihr, zwar mit sehr viel weniger Worten, aber im Prinzip genau dasselbe wie Insa gesagt und noch hinzugesetzt: »Wenn Gott dir das Kind gegeben hat, kriegen wir es auch groß!«

Sie liebte ihn dafür.

Die Monate vergingen, der Bauch rundete sich, Henrik war fürsorglich. Die Miete hatte er gestrichen. »Keine Widerrede! Du tust auch viel für mich. Kauf die Kinderzimmer-Einrichtung damit.«

Vor ein paar Tagen fühlte Henrik sich nicht wohl, sie fuhr ihn zum Arzt. Da muckte ihr altes Auto längst. Zu ihrer Überraschung kamen sie mit einer Einweisung wieder nach Hause. Kapitän Jakobsen packte einige Sachen und sie brachte ihn besorgt ins Krankenhaus.

»Ist doch nur zur Vorsorge«, versuchte Henrik sie zu beruhigen, aber es gelang nicht, denn sie filterte durchaus mit ihren feinen Antennen eine leichte Angst heraus.

Die ersten drei Tage, in der Zwischenzeit gab ihr Auto den Geist gänzlich auf, wurde der alte Kapitän untersucht. Das Herz war nicht in Ordnung, aber er wurde ja behandelt. Deshalb machte sich Annie nur mittelmäßige Sorgen. Zweimal war er aus diesem Grunde schon im Krankenhaus gewesen, zweimal hatte man ihn mit einer neuen Sorte Tabletten entlassen, die ihm guttaten.

Damit er sich nicht sorgte, berichtete sie ihm nicht von ihrem Auto und ihrer Busfahrt zu ihm. Zuerst musste sie sowieso checken, ob das alte Gefährt, und das hoffte sie inständig, reparabel war.

Am anderen Tag war klar, sie würde zunächst ohne Auto auskommen müssen. Die Reparatur war unter den jetzigen Umständen viel zu teuer und garantieren konnte man auch nicht, ob sich nicht unverzüglich die nächste kostenintensive Mangelbeseitigung an dem betagten Wagen ankündigte.

Aber diese unangenehme Nachricht war nicht die einzige des Tages, die wirklich furchtbare erreichte sie im Krankenhaus. Sie fand Henriks Zimmer leer vor. Mit rasendem Herzen lief sie zum Schwesternzimmer und musste erfahren, dass er aufgrund eines Herzinfarktes auf der Intensivstation lag und nicht ansprechbar war.

Nachdem sie mit der diensthabenden Ärztin gesprochen hatte, benachrichtigte sie Jens, der vor den Kanarischen Inseln kreuzte.

Völlig geschafft, mit Trauer und Schmerz im Herzen, verließ sie erst am späten Abend das Krankenhaus. Henrik war noch nicht wieder bei Bewusstsein.

Man hatte sie auf den nächsten Tag vertröstet.

Sehr zeitig am Morgen war sie erneut bei ihm und wartete, bis Jens am Nachmittag eintraf. Henrik war nun ab und zu wach. Aber es ging ihm schlecht – und ihr deshalb ebenfalls.

Jens bemerkte ihren Zustand und schickte die

schwangere junge Frau nach Hause. »Schlaf eine Runde. Ich bleibe die Nacht bei ihm. Meine Tochter ist auch hierher unterwegs. Morgen ist ein neuer Tag und du kommst frisch und ausgeschlafen wieder.«

Annie war dankbar, ein bisschen ausruhen zu können mit dem beruhigenden Wissen, es war jemand bei Henrik.

Zum Abschied küsste sie *ihren Opa Henrik* liebevoll auf beide Wangen. Er versuchte zu lächeln. »Ich freue mich auf das Baby«, flüsterte er ihr zu.

Sie fuhr nach Hause, nicht ahnend, dass sie ihn nicht mehr lebend sehen würde.

Aber dieser letzte Satz von ihm, der hatte sich in ihr Herz eingegraben. Es war ein schönes Gefühl gewesen, dass sich jemand mit ihr auf das Kind freute. Nur gab es denjenigen jetzt nicht mehr. Ihre Augen wurden feucht. Würde er vom Himmel zu ihr hinuntersehen?

Mit dieser bitter-süßen Erinnerung an ihren alten Freund schlief sie ein.

♥ 15 ♥

Insa wurde wachgeschlabbert. Eine raue Zunge leckte über ihr Gesicht.

»Uääh ... Kolumbus, lass das! Papa, warum lässt du ihn hier rein?« Aber das meinte sie nicht ernst, denn als sie die Augen öffnete, hörte Kolumbus auf und sah sie erwartungsfroh an. Da schmolz Insas Herz. Sie war sofort wach und rappelte sich auf. »Warst du schon mit ihm draußen?«

»Klar. Ich habe Brötchen mitgebracht.« Jens Jakobsen hantierte mit Geschirr in der Küche. Insa hörte die Kaffeemaschine brodeln und der Duft von frisch gemahlenen Bohnen zog zu ihr herüber. Angezogen vom Kaffeeduft schlurfte sie langsam in den Küchenbereich. »Ich helfe dir den Tisch decken.«

»Geh du ruhig ins Bad. Ich mach das.«

Gähnend tapste sie zurück, sah dabei aus dem Fenster und dort den Rücken von Annie, die mit wehendem Mantel nach links auf den Bürgersteig abbog und damit aus ihrem Blickwinkel verschwand.

Sie hatte mittlerweile eine große Sympathie für

Annie entwickelt. Nur eins war ihr noch unklar. Annie hatte zu dem attraktiven unbekannten Mann gesagt, sie müssen es Jens mitteilen. Was hatte sie damit gemeint? Nicht, dass ihrem Vater hier Schaden entstand!

»Wo will Annie denn so schnell hin?«, fragte sie verwundert.

»Sie fährt heute zu einer Freundin nach Bremerhaven, hat sie geäußert«, kam prompt die Rückantwort aus der Küche.

»Uff, die Strecke mit Bus und Bahn und umsteigen? Naja, wird wohl gehen.«

»Sie hat ein Auto, Tochter.«

»Hat sie nicht.«

Ihr Vater kam ins Wohnzimmer. »Doch.«

»Nein, es ist defekt.« Und sie berichtete ihm, was sie von Annie bereits wusste.

Jens Jakobsen stemmte die Hände in die Hüften. »Das ist typisch! Warum sagt sie nichts? Großvaters Wagen steht hier ungenutzt! Sie ist doch oft damit gefahren, wenn sie ihn zum Arzt brachte.«

Er zog sein Handy aus der Hosentasche und wählte. Insa hörte zu.

»Moin, Annie, so früh unterwegs – warum sagst du mir nichts von deinem Auto – du weißt, dass du dich schonen sollst – komm bitte zurück – ich bestehe darauf – nein, sofort!« Er drückte das Gespräch weg und wandte sich an Insa. »Was hältst du davon, Tochter, wenn wir heute zu Tante Becky nach Wremen fahren? Ein persönliches Gespräch mit ihr halte ich für notwendigen Anstand.«

»Äh ... sie weiß es schon, nicht? Hast du mit ihr telefoniert?«

»Insa, wo denkst du denn hin? Ich habe natürlich

alle für Großvater wichtigen Menschen informiert.«

Was dachte sie sich nur? Beschämt schaute sie zur Seite.

Fünf Minuten später kam Annie zurück. Jens Jakobsen drückte ihr den Autoschlüssel und die Papiere in die Hand. »Hier. Keine Widerrede. Henrik hätte das so gewollt.«

»Danke«, hauchte Annie. Man sah ihr die Erleichterung an, dass sie in dieser Jahreszeit nicht nur auf öffentliche Verkehrsmittel angewiesen war. »Und tschüss!« Dreißig Sekunden später bog Großvaters Auto aus der Einfahrt.

Nach dem Frühstück ging es für die beiden Jakobsens auf zum Küstenort Wremen.

Für Insa war die Fahrt wie eine Erholung. Ihr Vater mied die Autobahn und fuhr Landstraße.

Kolumbus hockte auf der Rückbank und schaute interessiert aus dem Fenster. Nur gab es nicht viel zu sehen, außer karger Landschaft und die Durchfahrt durch ein paar kleine Ortschaften, dessen Bürgersteige, wenn überhaupt vorhanden, menschenleer waren. Trotzdem war es bizarr schön.

Das Wetter war trüb und kalt, der Himmel präsentierte sich in einem Einheitsgrau mit Hang zum baldigen Regenguss und der Wind riss pfeifend an den nackten Zweigen der Bäume, die den Straßenrand säumten.

Ihre Gedanken wanderten nach Düsseldorf. Dort waren zu jeder Zeit Menschen in den Straßen unterwegs.

»Wollen wir kurz runter zum Kutterhafen, Seeluft inhalieren?«, fragte ihr Vater.

Insa war einverstanden und er bog ab in Richtung

des Deiches.

Rechtsseitig sah sie das kleine Geschäft von Krabben Böger. Auch hier war Winterruhe eingekehrt.

Ihre Tante Becky war eine gute Bekannte der Bögers und so hatten sie, wenn Insa als Kind in Wremen zu Besuch war, hier stets frischen Seefisch und Krabben geholt. Insa konnte sich an der Theke mit den unterschiedlichen Fischsorten gar nicht sattsehen. Fasziniert hatten sie die großen Krabbenbehälter betrachtet, zwei an der Zahl, einen für ungepulte und einen für gepulte: die Touristenkrabben.

Besonders herrlich war der Duft, wenn es frisch geräucherte Forellen gab, denn auch die wurden dort verkauft. Ein absoluter Leckerbissen, den Insa genauso liebte wie die köstlichen Krabben.

Die gut gefüllte Einkaufstüte, die auf dem kurzen Heimweg den würzigen Geruch nach Salz, Rauch und Meer freigab, durfte sie immer tragen. Darauf war sie mächtig stolz gewesen, da sie sich richtig erwachsen fühlte.

Wenn Tante Becky dann in ihrer Küche die Forellenfilets auslöste, Salz darüber streute und die Köstlichkeiten mit ofenwarmem Brot servierte, zauberte sie damit Kinderglück. Obwohl es nur eine schöne Erinnerung war, lief ihr automatisch das Wasser im Mund zusammen.

»Wollen wir unten an den Hafen fahren oder vor dem Deich parken und ein paar Schritte zu Fuß gehen?«

»Lass uns ein bisschen laufen.«

Ihr Vater stellte den Wagen auf dem großen Parkplatz ab, der zu dieser frühen Jahreszeit nahezu verwaist war.

Kolumbus war während des Einparkens unruhig geworden. Er wusste, er durfte gleich losspurten.

Sie stiegen aus und Kolumbus bekam ein Zeichen. Mit Freude jagte er die Treppen zum Deich hoch und wartete oben mit wedelndem Schwanz, als Insa und ihr Vater schwer atmend ankamen, denn sie waren im Wettstreit die Stufen hochgerannt. Der Kapitän erreichte die Deichkrone eine Idee früher, weil er die letzten drei Stufen auf einmal genommen hatte. »Erster!«, rief er.

»Nee, Papa, die Ehre gebührt Kolumbus.«

»Auch wieder wahr.« Er strich Kolumbus anerkennend übers Fell.

Da war er, der Blick über den kleinen Wremer Hafen und die Nordsee.

»Flut!«, brach es aus Insa heraus und sie musste lächeln. »Weißt du, Papa, wenn ich früher mit den Jungs hierhergekommen bin und wir bei schönem Wetter vor dem Siebhaus saßen, Cola tranken, Kuchen oder Fischbrötchen aßen, war meist Ebbe. Und ich habe mir den Namen Ebbe-Insa eingefangen. Böse Cousins!«

Ihr Vater lachte. »Immerhin hast du jetzt Glück.«

Die aufgewühlte Nordsee peitschte an Land, die Wellen trugen Schaumkronen. Der Wind schien Spaß zu haben, grob mit dem Wasser zu spielen, es vor sich herzujagen. Die dicken Wolken hatte er in seine Darbietung mit einbezogen. Er schob sie mit hoher Geschwindigkeit landeinwärts. Der Kutterhafen war erwartungsgemäß ebenso menschenleer wie der Parkplatz, zu ungastlich war das kalte, windige Februarwetter. Der Leuchtturm »Kleiner Preuße«,

Wahrzeichen des Kutterhafens, trotzte seinerseits den Böen.

»Das Siebhaus hat leider noch geschlossen«, bedauerte ihr Vater. »Es ist zu früh im Jahr.«

»Schade, der hausgebackene Kuchen ist ein Hit! Ich glaube, im Sommer werde ich oft hier sein.« Ein sehnsüchtiger Blick fiel auf das Siebhaus in Winterruhe.

Ach, sie plant, nun öfter im Lande zu sein, dachte ihr Vater freudig. Zu diesem Thema sagte er jedoch nichts, sondern kam auf das leibliche Wohl zu sprechen.

»Gut, Kuchen bekommen wir heute hier keinen, aber vielleicht bei Tante Becky. Was meinst du, sollen wir noch ein paar Meter den Deich entlang wandern?«

Insa stimmte zu. Gemeinsam stemmten sie sich gegen die Böen und liefen entschlossen los. Der Wind riss erbarmungslos an Insas Haaren, sodass sie ihre Kapuze aufsetzte. Das schien ihn regelrecht wütend zu machen, er zerrte nun unerbittlich an ihren Jacken. Sie senkten die Köpfe, aber die eiskalten Luftströme kannten keine Gnade. Tapfer stapfte Kolumbus mit wehenden Ohren vor ihnen her und gegen den Wind an. »Guck mal, Papa, die Öhrchen von Kolumbus! Zu süß. Wie Dumbo!«

»Was hast du gesagt?« Ihr Vater drehte sich zu ihr.

»Papa«, schrie Insa ihn nun an, denn der Wind trug ihre Worte fort, »lass uns zurückgehen!«

Der drehte sich direkt um und sie liefen, nun mit Unterstützung von kräftigem Rückenwind, zurück zum Auto. Kolumbus war wieder der Gewinner.

»Puh«, schnaufte Insa, als sie im Wagen saßen,

»ich hatte vergessen, wie krass herb die Natur bei uns sein kann. In den Städten ist das doch gemäßigter.«

»Wenigstens sagst du noch *bei uns*.« Der Hauch Bitterkeit, der in den Worten ihres Vaters mitschwang, traf Insa. Sie sah ihn von der Seite an, sein Mund hatte einen harten Zug bekommen. So sagte sie nichts, bis sie nur wenige Minuten später bei Tante Becky eingetroffen waren.

Die hieß sie mit der gleichen liebevollen Umarmung wie früher willkommen. Zuerst wurde natürlich über Henrik und die anstehende Seebestattung gesprochen. Danach wechselten die Themen. Auch im Laufe des Nachmittags kam kein Wort darüber, wie lange sich Insa nicht gemeldet hatte. Was für eine Herzensgüte ihrer Tante! Insa nahm sich vor, vieles wieder gut zu machen.

Eine erneute Kindheitserinnerung erfreute sie, als sie das altbekannte Kaffeegeschirr sah. Sie futterte mit Genuss den noch warmen und köstlichen Gugelhupf.

»Lecker, Tante Becky! Wie damals!«

»Ja? Ist er mir genauso gelungen? Das freut mich.« Eine leichte Röte huschte über ihr Gesicht.

»Was machen denn meine beiden Cousins?«

Da sprudelten die Worte nur so aus Tante Becky heraus. Keiner der Jungs lebte mehr hier an der Küste. Hauke arbeitete als Arzt in Schweden und Robby hatte es der Liebe wegen nach Kiel gezogen. Sie war unverkennbar stolz auf ihre Söhne.

Insa berichtete ihr von Düsseldorf, erzählte von den Kollegen, ihrer kleinen Wohnung und von Martin.

»Ist er denn Düsseldorfer?«, fragte Tante Becky

mit Interesse.

»Ein Waschechter.«

»Oh, dann wirst du wohl ebenfalls nicht mehr in unsere Gegend zurückkommen.«

Insa erschrak ein bisschen. Es klang wie selbstverständlich endgültig.

»Ich habe mir noch gar keine weiteren Gedanken dazu gemacht. Mein Job ist interessant und ich verdiene gut.«

Obwohl, sicherlich würde Martin mit ihr an die Küste ziehen, wenn sie den Wunsch verspürte. Wollte sie denn zurück nach Cuxhaven, oder könnte die Stadt am Rhein ihre zweite Heimat werden?

Tante Becky hörte gern den Erlebnissen des Kapitäns eines Kreuzfahrtschiffes zu. »Ich kenne die Pötte schließlich nur von Dokumentationen aus dem Fernsehen«, gab sie zu, »und vom Traumschiff.«

Insas Vater musste schmunzeln. »So ist die Wirklichkeit nicht.«

»Gib es zu, Jens, die Damenwelt himmelt dich an.«

»Beim Captains Dinner manchmal«, gestand er leicht schmunzelnd.

Kolumbus wich Tante Betty die gesamte Zeit über nicht von der Seite, da sie ihn nach Strich und Faden mit Leberwurst verwöhnte.

»Da hast du was gemacht!« Insas Vater sah amüsiert auf das lustige Bild. »Du wirst ihn nicht mehr los. Mit Leberwurst bist du die Größte für ihn.«

Insa zückte ihr Handy. »Ich mach mal ein Foto von euch beiden.«

Es entstanden mehrere. Tante Becky füttert Kolumbus, Tante Becky streichelt Kolumbus, Tante Becky umarmt Kolumbus, Tante Becky und Kolumbus strahlen gemeinsam in die Linse.

Mit dem Versprechen wiederzukommen und die laut Insas Tante »liebenswerte Hundeschnauze« mitzubringen, verließen sie nach zwei angenehmen Stunden das Haus. Tante Becky begleitete sie zum Auto, flirtete mit Kolumbus durch die Scheibe, der seine Nase fest daran drückte und sie abschleckte, als könne er sie erreichen – vielleicht hatte sie ja noch einen Happs Leberwurst für ihn?

»Ich glaube, du hast einen neuen Freund.« Insa umarmte ihre Tante, die ihnen dann nachwinkte, bis sie nicht mehr zu sehen waren.

Während sie mental noch bei dem schönen Nachmittag war, schweiften die Gedanken ihres Vaters bereits wieder zu Annie. »Ich hoffe, es geht glatt mit der Geburt und auch hinterher. In Kürze bin ich auf See, sie bleibt allein im Haus.«

War er etwa verliebt in sie? Insa war ja schon glücklich, dass er sich nicht als Vater des Kindes herausgestellt hatte. Aber was, wenn bei ihm die Liebe zugeschlagen hätte? Wie war denn ihr Gefühl dafür, jetzt, nachdem sie Annie kannte?

Mensch, Mensch, was für verwirrende Emotionen!

Sie konnte nicht verhindern, dass ihre Worte eine gewisse Nervosität verrieten, als sie ihrem Vater ein kleines Bällchen zuspielte, um ihn aus der Reserve zu locken, fast ängstlich, wie die Antwort ausfiel.

»Annie ist eine ganz Nette, nicht?«

♥ 16 ♥

»Annie ist eine wunderbare junge Frau.« Das war's. Mehr sagte ihr Vater nicht.

Da musste Insa noch ein bisschen graben und versuchte es mit: »Sie bleibt bestimmt nicht lange allein.«

»Das denk ich mal.«

»Wenn das Baby da ist, kommt sicher der passende Mann für sie, damit wird alles leichter.«

»Warum erst dann? Eine schwangere Frau ist durchaus sexy. Sie strahlt nämlich ein besonderes Glück aus.«

Das aus dem Munde ihres Vaters! Sie intervenierte, wenn auch schwach. »Im Normalfall gehört zu einer schwangeren Frau ein Mann. Glaubst du, es interessieren sich unter diesen Umständen Männer für sie?«

»Diejenigen, die wissen, dass sie allein ist, können ihre Chance nutzen. Sie ist hübsch und ein Mann greift bei ihr in jedem Fall ins Glück. Kochen und backen kann sie übrigens hervorragend.«

Wie viele wissen es denn, fragte sich Insa. Und sie stellte fest, dass sie sich Gedanken über Dinge machte, die sie keinesfalls gerecht beurteilen konnte. Annie war seit Monaten schwanger, sie erst zwei Tage hier.

Sie versuchte es anders, fühlte sich dabei wie die Katze, die sich an eine schmackhafte Maus heranschlich.

»So glücklich war Annie am Anfang der Schwangerschaft wohl nicht, das hat sie mir jedenfalls erzählt.«

»Siehst du, das ist eine ihrer wunderbaren Eigenschaften. Sie ist ehrlich. Und wir konnten sie gleich aus dem Loch ziehen. Und somit war ihr eine große Sorge genommen. Zu dem Zeitpunkt war ich nämlich auf Heimaturlaub. Auch dein Großvater hat sich auf das Baby gefreut.«

»Auch? Was heißt denn auch?«

»Na, ich freue mich ebenfalls. Es ist zweifelsohne schön, Leben im Haus zu haben.«

»Du bist doch lange am Stück weg, Papa. Drei Monate.«

»Aber dafür zwei zu Hause.«

Oh – mein – Gott! Er dachte echt daran, mit Annie zu leben! Er war sonst sehr gerade heraus. Warum nur benannte er das jetzt nicht unmissverständlich ihr gegenüber? Ob er sie langsam an diesen Sachverhalt gewöhnen wollte?

»Weißt du, Insa, es kommt, wie es kommen soll. Ich werde wochenlang Zeit haben, etwas von dem Baby mitzuerleben.«

Sie entschied sich, die Sache anders anzugehen.

»Übrigens hat mich Annie für morgen Abend zum Spaghetti-Essen eingeladen. Ich nehme an, du bist auch dabei ...« Das war eine Mischung aus Frage und Feststellung.

»Oh nein, Insa. Da kommen Leute in deinem Alter, bleibt unter euch.« Kurz sah er zu seiner Tochter rüber. »Ich sehe, du magst Annie ebenfalls. Mach dir keine größeren Sorgen, sie ist ein Goldstück, sie findet einen netten jungen Mann.«

Völlige Erleichterung überschwemmte Insa und sie glitt im Autositz ein wenig nach unten, die Füße ausstreckend. »Ah ... jetzt ist es bequem!«

»Ich hatte mich schon gewundert, warum du so verkniffen rumhockst, zumal du doch bei Tante Becky noch zur Toilette warst.«

Vater und Tochter verbrachten einen schönen gemeinsamen Abend bei einem Essen im Restaurant. Es war Insa ein Bedürfnis, ihn einzuladen. Sie war erleichtert, auch ein wenig beschämt, aber im Großen und Ganzen froh, dass sie ihre verwirrenden Gedanken zu Annie und ihrem Vater nicht in offene Worte gefasst hatte und endlich diese nagende Ungewissheit los war. Kolumbus lag zufrieden, da mit bereits vollem Hundebäuchelein, unter dem Restauranttisch.

Es tat gut, zusammen zu reden. Vieles, was in den letzten Monaten nicht ausgesprochen wurde, kam auf den Tisch – neutral und wertfrei.

»Lass uns nicht noch einmal eine unsichtbare Wand zwischen uns aufbauen, Insa«, bat ihr Vater.

»Es lag an mir, Papa. Es tut mir aus tiefstem Herzen leid.«

Mit einem positiven Gefühl traten sie den Heimweg, mit einer kleinen Umleitung für Kolumbus, an. Der frische Wind schien die allerletzten, mikroskopisch winzigen Störfelder zwischen ihnen wegzupusten.

Vom Gassigang zurück und kaum in der Haustür, drängte Kolumbus an ihnen vorbei und stellte sich an Großvaters Wohnungstür.

»Er versteht immer noch nicht, das er nicht mehr da ist.« Insas Vater war das Bedauern anzusehen. »Du, er will wohl heute Nacht bei dir bleiben«. Insa bekam einen Kuss auf die Wange. »Schlaf gut.«

»Du auch, Papa.« Sie ließ Kolumbus in die Wohnung.

Mit positiven Gefühlen kuschelte sie sich auf die Couch und freute sich nun auf den morgigen, unbeschwerten Spaghetti-Abend bei Annie.

Mitten in der Nacht musste sie zur Toilette. Als sie wiederkam, lag Kolumbus auf der Couch. Na großartig!

Aber sie war zu müde, um den großen Hund des Sofas zu verweisen. Und kalt war ihr ebenfalls, deshalb legte sie sich kurzerhand dazu. Es war eng, doch das warme Fell fühlte sich nicht nur kuschelig an, sondern tröstete zugleich. Mit dem wunderbaren Gefühl, bestens beschützt und behütet zu sein, schlief sie ein.

Am folgenden Morgen wurde sie von Kolumbus geweckt, der die Pfoten ausstrecken wollte. Beinahe wäre sie von der Couch gekugelt! Sie machte ihm umständlich und noch recht verschlafen Platz, sodass er aufstehen konnte. Ihre Augen klappten wieder zu, sie war kurz davor, erneut einzunicken, hätte sie nicht seine Pfoten auf dem Holzboden klackern hören. Kolumbus patrouillierte unruhig vor der geschlossenen Tür hin und her. Insa warf mit knibbelnden Augen einen Blick auf die Uhr.

Ach Schreck, halb acht! Sie huschte ins Bad, war eine Minute später angezogen, schnappte sich die Leine und schwupp, waren die beiden unterwegs. Insa dehnte sogar ihre Runde aus, so viel Freude machte ihr der Gang mit dem Hund. Deutlich besser, als die morgendliche Joggingrunde in Düsseldorf, die sie dreimal wöchentlich mehr oder weniger gern absolvierte. Hier pfiff zwar der Wind auf dem Seedeich, aber die würzige Seeluft und der Blick auf den langsam heller werdenden Himmel und das Meer waren ein absolutes Highlight.

Kolumbus schien Lust zu haben, sich auszupowern. Er wurde schneller, sie gleichermaßen. Gerade, als sie dachte, es ist fantastisch, rutschte sie auf einer glatten Stelle mit einem Fuß weg, fiel hin, fing sich soeben noch ab und landete in etwas Weichem. Mit Entsetzen realisierte sie, dass ihre Hand zielsicher in einem frevelhafterweise nicht entsorgten Hundehaufen geparkt war. Und wie das stank! Sie würgte.

Während Kolumbus an der einen Seite zog, rappelte sie sich auf und suchte verzweifelt mit der sauberen Hand nach einem Tempo in der Tasche, bis ihr einfiel, dass sie beide Jackentaschen vorgestern geleert hatte. Tja, dumm gelaufen!

Den furchtbaren Geruch in der Nase, den Arm möglichst weit vom Körper weghaltend, machte sie sich eiligst auf den Heimweg. Gut, dass es noch nicht völlig hell war. Es sah sicherlich urkomisch aus.

Natürlich war es ausgerechnet die rechte Hand, sodass sie mit dem Türschloss Schwierigkeiten hatte. Das Rumstochern im Schloss war bis nach oben gedrungen, denn plötzlich öffnete Annie ihr.

»Was ackerst du hier an der Tür rum?« Sie betrachtete Insas gequältes Gesicht, sah auf ihre Hand, begriff die Situation und begann erst leise zu kichern, um dann in lautes Gelächter auszubrechen. Unverschämterweise kriegte sie sich gar nicht mehr ein. Dafür nahm sie ihr während des Lachflashs Kolumbus ab. »Gib die Leine her«, gluckste sie.

»Was ist daran so witzig?«, grantelte Insa. »Der einzige Scheißhaufen auf dem Seedeich und ich fasse mutig da rein!«

Das erheiterte Annie noch mehr, die sich mittlerweile vor Lachen krümmte. »Es müffelt!«

»Klar stinkt es! Mach bitte schnell die Wohnungstür auf!«

Insa schob sofort ab ins Badezimmer, ließ einen kräftigen Wasserstrahl über die Hand laufen, um wenigstens den gröbsten Dreck loszuwerden, was noch einmal eine Welle üblen Geruchs mit sich brachte. Mindestens fünf Minuten lang schruppte sie mit heißem Wasser und reichlich Seife ihre Haut ab.

Annie bewies ihre praktische Ader. Während Insa im Bad vor sich hin fluchte, hatte sie für Kolumbus das Frühstück bereitet. Als Insa ins Wohnzimmer kam, schleckte Kolumbus gerade geräuschvoll die letzten Brocken aus seinem Futternapf.

»So was ist echt Slapstick«, grummelte Insa, noch immer angewidert.

»Das Schlimme ist, du wirst jetzt den ganzen Tag das Gefühl haben, irgendwie zu müffeln.«

»Anstatt Trost machst du mich hier fertig!«

»Ich wüsste eine Aufmunterung. Hast du Lust, für heute Abend mit mir einkaufen zu gehen? Vorausgesetzt, du stinkst nicht mehr.«

♥ 17 ♥

Kolumbus wurde unters Dach zu Jens Jakobsen verfrachtet und die Mädels fuhren los.

Insa hatte Annie einen Vorschlag unterbreitet. »Wir machen uns jetzt hier kein Frühstück, sondern wir gönnen uns eins unterwegs.« Und weil Annie ein bisschen zögerlich schaute, setzte sie gleich hinzu: »Ich lade dich ein.«

Insa konnte es gar nicht genau greifen, aber ihr kam es vor, als kenne sie Annie schon ewig. Gemeinsam saßen sie in dem kleinen Café, hatten sich zwei verschiedene Sorten Frühstück bestellt und jede aß von der anderen.

»Das liebe ich, von allem ein bisschen«, freute sich Insa, als sie ihr Schwarzbrot mit einer Scheibe Lachs belegte.

»Ich auch«, stimmte Annie fröhlich zu und nahm einen Happs Rührei. »Schade, dass wir uns nicht eher kennengelernt haben.«

Dann hättest du die Wohnung nie bekommen, dachte Insa, sagte aber nichts dazu, sondern kam stattdessen auf das Baby zu sprechen.

»Was brauchst du denn noch für das Würmchen?«

»Ehrlich gesagt, so ziemlich alles. Am nötigsten sicherlich einen Wickeltisch und auch einen Autositz. Ich weiß, ich weiß«, sie hob beide Hände, als sie Insas verwundertes Gesicht sah, »ich hätte mich ohnehin längst kümmern müssen. Ich bin manchmal ein bisschen schwerfällig. Ich werde aber jetzt aktiv.«

»Wir können ja nachher im Internet schauen, was es alles gibt. Vielleicht machen wir noch ein Rabattschnäppchen oder erwischen einen Sale.«

»Echt?« Annie hielt auf halbem Wege mit der Gabel zum Mund inne. »Das würdest du tun?«

»Klar. Sofern heute noch Zeit ist, denn ich fahre morgen wieder.«

»Ach, schade«, bedauerte Annie aufrichtig. »Aber vielleicht schauen wir gleich nach dem Einkauf? So viel ist für später nicht vorzubereiten. Ich meine, natürlich nur, wenn du Zeit hast.«

Nach dem Frühstück eilten sie in den Supermarkt und kauften alles Notwendige für den Spaghetti-Abend ein.

»Was hältst du von einer Antipasti-Platte?«, fragte Insa. Ihre Augen scannten die unterschiedlichen Angebote ab. Indem, wo sie das gesagt hatte, fiel ihr ein, dass Annie augenblicklich wenig Geld zur Verfügung und zudem einige Anschaffungen vor der Brust hatte. »Ich sponsor die natürlich!«

»Nee«, wehrte Annie ab, »du hast bereits das Frühstück bezahlt.«

»Das sind zwei verschiedene Paar Schuhe.« Eifrig packte Insa Eingelegtes in den Einkaufswagen. Sie zählte mit den Fingern. »Erstens Artischocken, zweitens Paprika, drittens Champignons. Magst du gern Oliven?«

»Oh ja!«

Somit fanden diese den Weg in den Korb. »Wir brauchen noch Tomate und Mozzarella, Serrano Schinken und natürlich ein superfrisches Brot.

»Insa, wir sind nur sechs Personen.«

»Macht nichts. Ist doch lecker!« Sie war voll in ihrem Element. »Und ein Dessert zur Abrundung ist absolut wichtig. Vielleicht Tiramisu oder Zabaglione. Dafür sollten wir eben in die Convenience-Ecke wechseln.«

»Das kann ich beides selbst machen«. Annie schien glücklich, hier wenigstens arbeitstechnisch etwas beisteuern zu können.

»Echt?«

»Ja. Du musst nur sagen, was du haben willst. Allerdings mache ich beide Desserts etwas weniger süß als die gekauften, sofern es dir recht ist.«

»Das ist gut.« Insa legte überlegend den Finger an den Mund. »Für was entscheide ich mich denn jetzt?«

»Dann lass uns Tiramisu machen, das ist einfacher herzustellen als die Zabaglione.« Annie dachte praktisch, so bliebe mehr Zeit für die Online-Suche.

»Was brauchst du dafür noch?«

Sie fuhren die einzelnen Stationen an. Löffelbiskuit, Mascarpone und Puderzucker wurden eingesammelt.

»Ich mache es ohne Alkohol, ja? Dann kann ich auch ein Löffelchen davon essen.« Annie sah Insa fragend an.

»Natürlich.« Wie kam sie nur auf so eine bescheuerte Frage? »Das wär‘s ja! Du bereitest den Nachtisch zu und kannst nichts davon essen!«

»Okay, es fehlen noch die Eier. Kakao zum Bestäuben habe ich zu Hause.«

Mit zwei gut gefüllten Taschen kamen die Mädels wieder am alten Kapitänshaus an.

»Eigentlich sollte es nur Spaghetti geben, nun haben wir ein Menü.« Annie sah auf alle Dinge, die Insa eifrig aus den Tüten packte.

»Ist doch schön«, freute sie sich. »Ich finde, so ein Einkauf kann glücklich machen.«

»Du, ich starte mit dem Tiramisu, damit es noch durchzieht.« Annie holte eine große Form aus dem Schrank und stellte sich alle Zutaten zurecht. Interessiert schaute Insa ihr über die Schulter. Das probiere ich mal für Martin und mich aus, dachte sie. Es ist überhaupt nicht kompliziert. Das wird ihn überraschen.

»Ich habe gedacht, es ist viel aufwendiger«, gab sie ehrlich zu. »Das präsentiere ich meinem Freund. Es kommt bestimmt gut an.«

»Du machst wenig selbst, nicht?«, fragte Annie und arbeitete nebenbei weiter.

»Stimmt. Ich kaufe oft Fertigprodukte, weil ich von morgens früh bis spätnachmittags im Büro bin. Da habe ich abends kaum Lust, mich noch lange in die Küche zu stellen. Außerdem liegt ein gut sortierter Supermarkt bei mir um die Ecke.«

»Ich finde, Kochen entspannt total.«

»Bei uns muss es immer schnell gehen. Wenn Martin kommt, hat er Hunger und er kann schlecht warten.«

»Wohnt ihr zusammen?«

»Nein. Ich würde schon gerne, aber Martin benötigt noch etwas Zeit. Dann wiederum denke ich, es ist gut so. Er ist total bewegungsaffin, braucht pausenlos Action um sich herum. Mir ist das meist zu viel und deshalb ist es angenehm, dass ich mich in meine Wohnung zurückziehen kann.«

Annie antwortete nicht darauf.

Etwas später stöberten sie durch die verschiedenen Online-Angebote für Baby-Erstausstattungen und wurden fündig. Nach sorgfältigem Preisvergleich entschied sich Annie für eine weiße Wickelkommode.

»Welche Wickelauflage findest du besser? Die mit den Häschen oder mit den Elefanten?«

»Beide sind süß.« Insa betrachtete die Bilder ausgiebig. »Ehrlich gesagt, ich weiß nicht.«

Annies Blicke glitten noch mehrfach hin und her, bis sie die Häschen-Auflage in den Online-Warenkorb legte. »Meinst du, ich brauche ein Körbchen für die ersten Monate?«

»Klar! Wo soll der Knirps denn sonst liegen?«

Sie suchten und fanden einen Stubenwagen mit Sternchenbezug, der ebenfalls in den Warenkorb wanderte.

»Diese Autositze sind aber teuer, was?« Annie stöhnte auf. »Ich schau lieber in unser kostenloses Wochenblättchen, vielleicht kann ich einen gebraucht ergattern. Auf der anderen Seite jammere ich auf hohem Niveau. Ich hätte niemals gedacht, dass ich so schnell wieder ein Auto zur Verfügung haben werde.«

Sie wollte aufstehen, aber abrupt hielt sie inne. »Insa, du bist doch hoffentlich nicht sauer, dass *ich* jetzt das Auto fahre – ich meine, es gehörte schließlich deinem Großvater und ...«

Insa fiel ihr lächelnd ins Wort. »Hör sofort auf, einen derartigen Quatsch zu reden! Mein Vater hat es dir gegeben. Es ist seine Entscheidung und Schluss. Außerdem habe ich doch einen Wagen, der ist sogar erheblich jünger als der von Opa. Und noch was: Auf die Idee, das Auto selbst fahren zu wollen, wäre ich gar nicht gekommen!«

Nachdem sie den Tisch gemeinsam hübsch eingedeckt hatten, ging Insa nach unten, um sich für das Spaghetti-Essen ein bisschen frisch zu machen. Ihr Vater kam gerade mit Kolumbus zur Haustür herein.

»Ich bin heute Abend noch verabredet und kann Kolumbus schlecht mitnehmen.« Er hängte die Leine an die Garderobe. »Würdest du den Nachtgang mit ihm erledigen? Ein Mini-Walk reicht aus, wir waren zwei Stunden toben.«

»Klar, mach ich. Ich nehme ihn gleich mit rein zu mir«, sie öffnete die Tür und der große Hund huschte hindurch, »dann muss ich nachher nicht allein hochgehen.« Insa kniff ihrem Vater ein Auge.

Der küsste sie auf die Wange. »Sehen wir uns morgen noch?«

»Ja. Ich fahre erst, wenn es hell wird. Im Dunkeln ist mir zu anstrengend.«

Sie ersparte sich zu erzählen, ihr Freund würde sie nicht erwarten und sei auf einem Rockfestival. Wie sie ihren Vater kannte, kam das in dieser traurigen familiären Situation nicht gut an.

»Gut, bis morgen früh. Ich bereite ein zeitiges Frühstück für uns«, schlug er vor.

»Toll. Danke.«

Insa schminkte sich nur dezent, zog ihre Lieblingsjeans und eines ihrer Favoritenshirts an und ging mit Kolumbus nach oben.

Ein Pärchen war bereits bei Annie und sie stellte es als »meine guten Freunde Gesa und Dennis« vor. Die beiden waren Insa sofort sympathisch, denn sie reagierten positiv auf Kolumbus, er sammelte ohne Umschweife Streicheleinheiten ein.

Es klingelte und Insa schaute mit Neugier zur Wohnungstür. Der Schlag traf sie gleich zweimal.

Herein kamen der nette Notfallsanitäter und der attraktive Mann, der Annie ebenfalls besucht hatte.

♥ 18 ♥

Dazu fiel Insa siedend heiß ein, dass die beiden ein Geheimnis vor ihrem Vater hatten! Sie hatte deutlich ihre Unterhaltung gehört. Was mussten sie ihrem Vater sagen?

Ein eigenartiges Gefühl beschlich sie. Gab es hinter der herzlichen Fassade ein dunkleres Geheimnis, hatte Annie sie mit ihrer Freundlichkeit schlichtweg eingelullt?

Morgen fuhr sie zurück ins Rheinland. Was tun? Es ihrem Vater erzählen oder Annie darauf ansprechen? Beides ließ sich heute Abend nicht mehr verwirklichen.

Ihre Gedanken wurden aber durch Annie unterbrochen. »Ich mache jetzt für alle, die sich noch nicht kennen, eine Allgemeinvorstellung.« Sie deutete auf das Paar. »Das sind Gesa und Dennis. Gesa ist übrigens Lehrerin bei uns an der Schule, wir mögen uns schon einige Jahre, nicht wahr, Gesa?« Dann fiel ihr Blick auf den Notfallsanitäter und Insa glaubte zu hören, dass Annies Stimme eine winzige Nuance weicher wurde. »Björn. Er hat Insa und mich *gerettet*«, das Wort gerettet betonte sie besonders und zwinkerte dabei mit den Augen, »als wir die traurige Nachricht erhielten und unsere Körper das so gar nicht begreifen wollten.«

»Moin zusammen«, Björn grüßte in die Runde.

»Moin«, erscholl es fast unisono zurück.

»Und dieser nette junge Mann ist mein Bruder Arne.«

Ihr Bruder! Na, darauf hätte ich kommen können, dachte Insa. Sie betrachtete beide genauer. Die gleiche Mundpartie, fiel ihr jetzt auf.

Hätte ich mich ein bisschen schicker machen sollen, fragte sie sich mit einem Blick auf die zwei interessanten Männer und schämte sich sogleich dafür. Sie war schließlich mit Martin zusammen.

Trotzdem lassen sich Gedanken nicht verbieten, rechtfertigte sie sich innerlich. Wer ist denn jetzt attraktiver? Der blonde Hüne Björn oder der dunkle, fast gleich große, aber stämmigere Arne?

Insa konnte gar nicht verhindern, dass ihre Augen immer zu den beiden hinwanderten.

»Dank Insa«, lobte Annie, als sie die prall belegte Platte mit den gemischten Antipasti auf den Tisch stellte, »haben wir sogar noch eine Vorspeise. Und ein Dessert gibt es ebenfalls.« Alle Augen fielen auf sie.

Insa war das fast peinlich, sie flüchtete mit dem Satz: »Ich hole das Brot«, zur Küchenzeile. Hui, jetzt musste erst die leichte Röte verschwinden. Deshalb blieb sie einen kurzen Moment im Küchenbereich stehen.

»Insa, findest du das Brot nicht?«, neckte Björn.

Scherzend rief sie zurück: »Ich wollte das erste Stück ganz alleine essen!«

Die Stimmung am Tisch war locker. Die Antipasti-

Platte wurde ratzekahl leergefuttert und vom Brot waren letztendlich nur zwei kleine Scheiben über. Nebenbei unterhielt man sich eifrig.

Sie erfuhr, dass Gesa und Dennis in Wremen lebten. »Na, was für ein Zufall! Da wohnt eine Tante von mir. Aber du gibst hier Unterricht in Cuxhaven? Da fährst du doch locker eine halbe Stunde, oder?«

»Ja. In der Nähe der Schule wohnen wäre sowieso nicht mein Ding. Und wir haben die Strecke somit geteilt. Dennis muss nach Bremerhaven, ich nach Cuxhaven, wir leben, nicht genau, aber ungefähr in der Mitte. Die Fahrtzeit bedeutet auch ein bisschen Runterkommen. Und Wremen ist schön. Klein, gemütlich und bis zum Meer ist es ein Katzensprung.«

Annies Bruder Arne erzählte von seinem Leben als Hotelier.

»Jetzt ist es natürlich ruhig, obwohl ich einige Winterbuchungen habe. Teilweise sind das Leute, die zu Weihnachten und zur Jahreswende ihre Familien hier besuchen, denen nicht auf den Keks gehen wollen und deshalb im Hotel übernachten. So hat jeder seine persönliche Freiheit, keiner muss sich einschränken und sie erleben eine tolle Zeit gemeinsam. Das jedenfalls höre ich immer.«

»Es gibt doch auch echte Highlights oder Peinlichkeiten, die du im Laufe der Jahre erlebt hast, nicht?« Björn war neugierig geworden.

»Und ob! Einen dicken Fauxpas hat sich im letzten August ein Alleinreisender geleistet. Er kam am ersten Morgen seines Aufenthaltes in Achselshirt, Badeshorts und Gummilatschen zum Frühstück.

Die anderen Gäste hörten dieses schlapp schlapp schlapp zum Buffet, schlapp schlapp schlapp zurück zum Tisch. Und das ständig, denn der beleibte Kerl hatte ordentlich Appetit.«

Annie kicherte.

»Du lachst! Ich fand es erst lustig, als er abgereist war.«

»Wie lange hatte er denn gebucht?« Insa beobachtete Arne während seiner Berichterstattung. Sie mochte seine ruhige Art zu erzählen.

»Zwei Wochen. Aber das Problem hatte sich an diesem Morgen gleich noch verschärft und somit auch erledigt. Kaum hatte er gegessen, zündete er sich eine Zigarette an.«

»Aber das ist schon lange nicht mehr erlaubt.«

»Hat ihn nicht interessiert. Ich wurde von empörten Gästen informiert und habe ihn gebeten, die Zigarette auszumachen. Der hat prompt den Aufstand geprobt, andere Gäste sind mir zur Hilfe gekommen, verbal natürlich. Ich hatte noch nie einen derartigen Schlagabtausch im Frühstücksraum.«

»Und dann?«

»Ist er gleich abgereist, ganz stiekum, ohne die bei mir verbrachte Nacht zu zahlen. Aber das habe ich gerne in Kauf genommen. Ich war erleichtert, dass der Störenfried das Weite gesucht hatte, zumal das Hotel ausgebucht war. Ich nehme an, das war reine Absicht. Er hat eine Übernachtung und ein Frühstück geschnorrt und konnte sicher sein, dass ich froh war, ihn loszuwerden. Schaden habe ich bis auf die eine Nacht nicht gehabt, denn ich habe das Zimmer umgehend neu vermietet.«

»Wenn das ein System ist«, meinte Insa, »dann ein erfolgreiches. Macht er das in verschiedenen Hotels hintereinander, ist sein Urlaub bis auf An- und Abreise kostenlos.«

Arne sah Insa freundlich an. »Wir sollten darauf

trinken, dass dies einmalig war.« Er hob sein Weinglas an, beugte sich zu ihr rüber. Automatisch hob Insa ihres und sie stießen an. Schöne Augen, das dachten beide voneinander.

»Hey, und wir?« Björn hielt ihnen sein Glas entgegen und die anderen schlossen sich an.

»Na, da hast du wenigstens einen überschaubaren Schaden gehabt«, warf Dennis ein. »Ich arbeite am Auto-Terminal in Bremerhaven. Wir hatten eine Kollision von zwei Luxus-Neuwagen. Schadenhöhe ungefähr achtzigtausend Euro.«

»Eiweih!« Insa schlug sich die Hand vor den Mund. »Und wer zahlt das?«

»Die Versicherung.«

»Wenigstens das.«

»Aber es hält natürlich die Routine auf, die eng gesteckten Zeitpläne.«

»Solange es keinen Personenschaden gibt ...« Insa wandte sich wieder Arne zu. »Ein Hotel zu führen ist spannend, nicht?«

»Ich möchte mit niemandem tauschen. Man ist ständig in Kontakt mit den unterschiedlichsten Menschen. Das bereichert. Und man lernt jede Menge.«

»Ich kann dafür noch etwas Lustiges beitragen«, meldete sich Björn zu Wort. »Mein Kollege und ich hatten samstags Dienst, kamen von einem Rettungseinsatz und der Hunger schlug durch. Die Nacht war lang und ereignisreich gewesen, keine Gelegenheit, sich etwas hinter die Kiemen zu schieben.«

»Ihr könnt nur unregelmäßig essen, nicht?« Annie lächelte ihn eine Spur zu intensiv an, empfand Insa, denn daraufhin drehte er sich zu ihr.

»Ja. Manchmal ist rundherum alles gesund, wir

sitzen auf der Wache und können jederzeit zugreifen. Aber oft kommt der Alarm und wir müssen los, wenn gerade aufgetischt ist.«

»Was ist Samstag passiert?« Dennis war neugierig.

»Mein Kollege und ich stehen also in unserer gut sichtbaren, orangefarbenen, mit Leuchtstreifen versehenen Dienstmontur an der Kasse des Discounters, hinter uns ein älterer Mann. Er sprach uns an, lobte uns für unseren Fleiß an einem Samstag. Wir haben geantwortet, dass wir das natürlich immer seien und in diesem Job erst recht müssten.

Körperliche Arbeit mache Hunger, das sei ja normal, meinte er und redete noch ein bisschen. Wir haben höflich zugehört.

Und dann hat er doch tatsächlich gesagt: *Ich wusste nicht, dass die Müllabfuhr auch samstags arbeitet.*«

Das Gesicht von Björn sprach Bände. Alle brachen in schallendes Gelächter aus. Am meisten Spaß dabei hatte Annie, die sich gar nicht mehr einkriegen wollte.

»Das macht dir Freude, wie?« Björn nahm sie, weil er neben ihr saß, kurz in den Arm.

Insa stutzte.

♥ 19 ♥

Sie beschlich das Gefühl, jeder der Anwesenden müsste das zarte Knistern zwischen den beiden vernommen haben. Sollte ihr Vater etwa recht haben mit der Vermutung, Annie würde problemlos einen Partner finden? Somit war er wesentlich moderner eingestellt als sie selbst! Wusch! Das galt es erst einmal zu verkraften!

»Wie lange bleibst du denn?« Arne sah Insa interessiert an. »Nur bis morgen. Ich hatte bloß drei Tage Urlaub. Ich denke, das nächste Mal werde ich zur Bestattung wieder hier sein.«

»Das ist schade. Ich hätte dir gerne mein Hotel gezeigt. Du hast doch gesagt, du findest das spannend. Es hat übrigens einen grandiosen Ausblick auf die Grimmershörnbucht.«

Obwohl Insa es nicht wollte, hüpfte ihr Herz. Jetzt wäre es an der Zeit zu erwähnen, sie würde mit ihrem Freund herkommen. Aber sie tat es nicht. Stattdessen hörte sie sich sagen: »Ich komme ja in Kürze zurück. Dann gerne.«

Annie warf ihrem Bruder einen irritierten Blick zu.

Während des Abends suchte Arne immer wieder das Gespräch mit Insa – und die zwei kamen sich zunehmend näher.

Irgendwann jedoch machte Annie dem ein Ende, und das ganz bewusst, empfand Insa. Sie entdeckte soeben eine andere Seite der schwangeren jungen Frau, die genau wusste, wie sie berechnende Informationen streute und etwas in eine völlig neue Richtung drehte, ohne anzuecken. Insa konnte nicht verhindern, dass sie am Ende des Abends sauer auf Annie war, denn sie informierte ihren Bruder durch die Blume.

»Das nächste Mal bringt Insa sicherlich ihren Freund Martin mit. Ich bin gespannt darauf, ihn kennenzulernen.«

Am anderen Morgen war Insa zeitig zum Frühstück bei ihrem Vater. Eigentlich frühstückten sie zu dritt, denn Kolumbus saß mit gestrecktem Rücken vor dem Tisch und sah ihnen jeden Bissen aus dem Mund.

»Oh Mensch, wer kann solchen Hundeaugen widerstehen?« Insa schnitt ein Stückchen Fleischwurst ab und gab es Kolumbus. Mit einem Happs war es geschluckt – und der vorherige verhungernde Blick war von Neuem herzergreifend.

Ihr Vater schmunzelte. »Mit Hund isst man nie mehr allein.« Ein Leberwurstbrotstückchen erreichte Kolumbus. Mit einem weiteren Schmatzer war auch das verschwunden.

Insa war aufgestanden und verabschiedete sich von ihrem Vater, als es klopfte. Annie stand vor der Tür, strahlend, und mit einem kleinen Päckchen in der Hand.

»Ich hab dir ein leckeres Sandwich für die Fahrt gemacht, Insa.«

»Das ist lieb, aber ich bin in vier Stunden zu Hause, sofern es gut läuft.«

Die Enttäuschung war Annie anzusehen, deshalb beeilte sich Insa zu sagen: »Trotzdem danke, dann brauche ich unterwegs nichts kaufen.« Sie würde eh nicht anhalten, wenn nicht zwingend notwendig, weil sie jetzt nach dem Frühstück pappsatt war. Aber auch das behielt sie für sich. »Was ist denn drauf?«, fragte sie stattdessen.

»Gekochter Schinken, Käse, Ei, Gürkchen, Tomaten und Remoulade.«

»Mmh, voll mein Geschmack! Danke! Das überlebt keinesfalls lange.« Insa nahm es nun gern entgegen.

Kolumbus kam dazu und schnüffelte interessiert.

Annie lachte. »Vergiss es, Kolumbus!« Sie drängte seine Nase an die Seite.

Insas Vater brachte die Reisetasche zum Auto und stellte sie in den Kofferraum. Kolumbus half ihm dabei, indem er seine Pfoten auf dem Kofferraumrand platzierte und neugierig hineinsah. Währenddessen umarmten sich die beiden Mädels.

»Komm bald wieder. Es ist schön, wenn du hier bist«, sagte Annie und Insa spürte, sie meinte es ehrlich.

»Das tue ich. Kolumbus bleibt bei dir?« Die Besorgnis war Insa anzumerken.

»Ohne Frage! Er ist die schönste Erinnerung, die dein Großvater hiergelassen hat.«

Spontan drückte Insa Annie aufs Neue. »Das hast du wundervoll gesagt.« Tränen stiegen in ihre Augen, die sie aber wegblinzelte. »Du, darf ich einmal über deinen Bauch streichen?«

Als Annie freudig zustimmte, ließ sie ihre Hand langsam über die Kugel gleiten. »Tschüss, du Kleiner da drin. Bis bald.« Sie lief zum Auto. »Papa, lass dich drücken.«

Mit gemischten Gefühlen fuhr sie los. Nur drei volle Tage war sie hier gewesen, Mittwoch in der Nacht angekommen, den heutigen Sonntag konnte man genauso wenig zählen. Erstaunliches und Unerwartetes hatte sich ereignet.

Das Leben bekommt eine völlig andere Richtung, spürte sie. Sie hatte neue Freunde gefunden. Die sympathische Lehrerin Gesa hatte sie eingeladen, doch unbedingt bei ihr vorbeizuschauen, wenn sie Wremen erneut besuchte. Es stellte sich heraus, dass sie nur drei Straßen entfernt von Tante Becky wohnte und diese sogar vom Sehen her kannte.

Björn hatte angeregt, den schönen Abend zu wiederholen. Reihum fanden alle die Idee gut und sie wurde einstimmig angenommen. Insa hatte automatisch zugestimmt. Erst später im Bett wurde ihr klar, dass sie höchstwahrscheinlich aus dieser Runde herauskippte, denn sie war gar nicht vor Ort. Wie oft würde sie zukünftig an die Küste kommen? In der Sekunde, als sie sich diese Frage stellte, wäre sie am liebsten umgekehrt, obwohl sie gerade erst Bremerhaven passierte.

Entgegen ihrer Absicht durchzufahren, musste sie anhalten. Zwei Tassen Kaffee forderten ihren Tribut. Kaum saß sie wieder im Auto, packte sie das Sandwich von Annie aus. Ach herrje, was für ein dickes Teil! Sie betrachtete es interessiert von allen Seiten, wo wohl der beste Ansatz zum Angriff sein könne. Es duftete anregend und der erste Bissen war richtig, richtig lecker. Das Ergebnis war, dass sie es gänzlich auffutterte.

Papa hatte recht, Annie war rundum ein Gewinn. Nur was war mit dem Geheimnis? Was verschwiegen ihr Bruder und sie vor ihrem Vater? Diese Sache knabberte unangenehm an ihr.

In ihrer Düsseldorfer Wohnung angekommen, packte sie die Reisetasche aus. Ihr normales Leben hatte sie wieder. Es fühlte sich überraschend anders an.

Das Wetter war grau, nieselig und kalt, ein Nachmittag prädestiniert für heißen Tee auf der Couch und Gedanken über die Zukunft. Martin hatte sich, bis auf eine kurze WhatsApp, dass er nach Berlin unterwegs war, nicht mehr gemeldet. Aber wie das so ist, wenn ein Männerwochenende ansteht, keiner möchte gerne zugeben, dass er seine Freundin anruft. Sollte sie ...? Nein!

Kurz vor achtzehn Uhr klingelte es an ihrer Tür. Es war Martin.

»Du wolltest doch vorher anrufen!«, begrüßte sie ihn irritiert.

»Wie wäre es mit: Schön, dich zu sehen und komm rein, mein Held?«, grinste Martin. »Ich hab gedacht, du freust dich, wenn ich so zeitig wie möglich bei dir bin.«

»Na klar!« Insa zog die Tür gänzlich auf und Martin trat mit seiner Reisetasche ein. Ein unangenehmer Geruch begleitete ihn. Sie schnupperte. »Iiih!«

»Was? Wir haben gezeltet. Die Duschen waren

uns zu dreckig.«

»Du bist es jetzt auch.«

Martin wollte sie küssen. Aber Insa drehte sich weg. »Am besten, du gehst erst den Grind abschrubbeln.«

Die Dusche rauschte geschlagene zwanzig Minuten. Insa ärgerte sich ein bisschen, denn Martin nutzte ihr Bad sehr häufig. Im Prinzip wäre das nicht schlimm, würde er in seiner Wohnung ebenfalls ausgiebig planschen. Aber da beschränkte er sich auf ein Minimum.

Zugegeben heute war es dringend nötig, dem Geruch nach zu urteilen, den er mit in ihre Wohnung geschleift hatte.

Gut gelaunt kam er aus dem Badezimmer. »Was gibt es zu essen?«

♥ 20 ♥

Insa sah ihn überrascht an. »Wie? Was gibt es zu essen? Du wusstest doch noch gar nicht, wann du kommst. Außerdem bin ich auch erst seit Kurzem zu Hause.«

»Zum Ausgehen habe ich jedenfalls keine Lust mehr. Ich bin zu müde, um mich jetzt noch vornehm an einen Tisch zu setzen. Mach uns fix was Leckeres, wir knallen uns damit auf die Couch und gucken nebenbei irgendwas Doofes im Fernsehen, wo wir ablachen können.«

»Bestell bitte den Pizzaservice.«

»Ach nö. Mach du doch was auf die Schnelle.«

Insa ärgerte sich. Keine liebevolle Umarmung. Kein Wort nach ihrem Großvater, nach der schweren Zeit in ihrer alten Heimat, stattdessen ließ sich Martin mit einem lang gezogenen »Aaah« auf die Couch plumpsen.

Na, das würde ja ein Abend! Fremde Menschen hatten mehr Anteil genommen als derjenige, der ihr ganz nahe stand. Ihre Chefin hatte sie angerufen. Sogar die Spaghetti-Runde hatte länger mit ihr gefühlvoll darüber gesprochen und jeder ließ seine

Erfahrungen zu dieser traurigen Thematik einfließen.

Spaghetti-Runde! Wie nett das klang! Nachdem man vereinbart hatte, sich wiederzutreffen, war klar, nur die Vorspeisen und das Dessert sollten sich verändern, Spaghetti als Hauptgericht wäre immer gesetzt. Die Idee kam von Arne. Insa lächelte bei dieser Erinnerung.

»Was grinst du?«, erkundigte sich Martin neugierig.

Freudig berichtete sie ihm davon – und stieß auf wenig Verständnis. »Spaghetti-Runde klingt irgendwie gewöhnlich, fällt euch Fischköppen nix anderes ein?«, machte er sich lustig und sah sie herausfordernd an.

Das sollte wohl witzig sein. Mit einem lauten Seufzer hievte er sich theatralisch hinüber zum Tisch und griff in die Schale mit den Süßigkeiten. »Was kochst du denn nun? Aber keine Spaghetti!«

Insa drehte sich wortlos um und ging in die Küche. Kochen würde sie gar nichts! Basta! Auch sie hatte eine mehrstündige Tour hinter sich. Was sprach dagegen, jetzt noch ein Restaurant zu besuchen? Und bestellen wollte er nicht. Klar, wer bestellt, bezahlt, das war zwischen ihnen abgemacht.

Auf der anderen Seite sollte sie seine Ablehnung nicht verwundern. Als Banker war er auf Erhaltung von Geld in seinem Portemonnaie programmiert. Sie wusste genau, wie er tickte. Die Einladung zum Essen hatte er am Mittwoch nur ausgesprochen, weil er sie aufgrund seiner Absage milde stimmen wollte. Nun war sie wieder daheim, da hatte sich das Thema für ihn erledigt und er konnte sich die fünfzig Euro fürs Essengehen sparen. Aber dass ihn jetzt auch noch der Geiz für zwei Pizzen ergriff ...

Sie öffnete den Kühlschrank und holte heraus, was sich für ein Abendessen eignen würde. Viel war es nicht, sie hatte schließlich keinen Wochenendeinkauf getätigt. Aufbackbrötchen waren aber auch noch vorhanden und fanden ihren Weg in den Ofen.

Martin war enttäuscht. »Nur Brötchen?«

»Ich war nicht einkaufen, Martin! Und ich denke, Käse und Schinken sind durchaus lecker.«

Unkommentiert aß er von den fünf Brötchen dreieinhalb, die doppelt belegt. Aber danach besserte sich seine Laune und er erkundigte sich endlich nach ihrer Gefühlslage, nahm sie sogar dabei in den Arm.

»Das ist alles schlimm, Insa, aber er war alt. Und besser, er musste nicht leiden.«

Ganz Unrecht hatte er nicht. Sich anlehnen zu können, war wohltuend. »Kommst du mit zur Bestattung?«

»Sicher. Wann wird sie sein? Ich muss Urlaub einreichen.«

Sie zuckte mit den Schultern. »Sobald mein Vater etwas weiß, meldet er sich.«

»So ein Job als Kapitän ist nicht übel, was?«, kommentierte er, als sie ihm erklärte, ihr Vater sei am Stück zwei Monate daheim.

»Wie man es nimmt. Er ist im Gegenzug drei Monate durchgängig auf See. Das muss eine Familie mitmachen, ansonsten ist es schwierig.«

»Aber er kann sich die Freiheit um die Nase blasen lassen.«

»Du, er macht keinen Urlaub, Kapitän sein heißt Verantwortung für viele Menschen tragen, die richtigen Entscheidungen für Gäste, die Reederei und seine Mannschaft treffen. Dazu gehört einiges an Können und Erfahrung.«

»Klar. Das ist keinesfalls ohne. Es ist halt eine andere Welt.«

»Diese Welt gehörte viele Jahre zu meiner eigenen.«

»Sei froh, dass du jetzt in der Metropole Düsseldorf lebst.« Er nahm sie in den Arm und küsste sie zärtlich.

Bin ich wirklich glücklich darüber, fragte sie sich.

Ausgiebig berichtete er von dem Konzert und den negativen Rahmenbedingungen.

»Im Februar zelten ist sowieso eine ziemlich bescheuerte Idee«, meinte Insa verständnislos. »Da gibt es doch genügend günstige Hotels, wenn man nicht viel ausgeben möchte. Und ihr nagt beide nicht am Hungertuch.«

»Das verstehst du nicht. Für echte Hardrock-Fans ist das männliche Leben angesagt. Und mein Schlafsack hält Temperaturen bis minus vierzig Grad stand.«

»Du meinst, echte Männer stinken wie die Iltisse, wenn sie vor lauter Testosteron vergessen, sich zu waschen«, ärgerte sie ihn.

»So schlimm kann es ja nicht gewesen sein«, rechtfertigte er sich.

»Und ob!« Und das war schlicht die Wahrheit.

Insa amüsierte sich dann doch, als er zugab, dass sie Ravioli mitgenommen, aber den Dosenöffner vergessen hatten.

Sie schauten angekuschelt einen Tatort, verschliefen dann aber beide das Ende und entschieden, ins Bett zu gehen.

Ein weiteres Mal ärgerte sich Insa an dicsem Abend, als sie ins Badezimmer kam. Er hatte die Duschabtrennung, trotz ihrer zahlreichen Bitten, nicht abgezogen. Der letzte schmuddelige Schaum lag, gut angetrocknet, auf dem Abfluss, das benutzte Badetuch fand sich feucht auf dem Boden wieder. Alles wie immer!

Was war schwierig daran, eben die Dusche zu säubern? Klares Wasser auf den Abfluss halten, die Tropfen abziehen, das Handtuch zum Trocknen hinhängen? Eine Sache von einer Minute! Also erledigte sie es abermals. Auf eine Diskussion hatte sie heute Abend keine Lust mehr, aber auch null Bock, das in Zukunft hinzunehmen. Sie verschob das Streitgespräch auf einen anderen Tag.

Müde schlüpfte sie unter die Bettdecke. Trotz leichter Verstimmung war es angenehm, nicht allein zu sein.

Martin zog sie zu sich herüber. Gerne hätte sie sich nur eingekuschelt, aber schon spürte sie seine Hände, die von ihrer Taille zu ihrem Busen wanderten. Insa schob sie zur Seite.

»Heute nicht.«

»Ach komm! Draußen ist es kalt und wir haben fast eine Woche nicht mehr zusammen geschlafen.« Er presste seinen Körper an ihren.

»Bitte, Martin! Ich kann das nicht. Mein Großvater ist gerade erst gestorben.«

»Aber Insa«, er streichelte ihr Gesicht, »*wir* leben doch noch. Dein Großvater hätte sicherlich nichts dagegen.«

Nun schob sie ihn brüsk von sich weg. »Was redest du denn da?« Insa setzte sich auf und schaltete ihr Nachttischlicht an. »Lass meinen Großvater bloß bei dieser Sache außen vor!« Sie war zutiefst empört.

Und Martin im Gegenzug sauer. »Da kommt man nach Hause und freut sich – und dann gibt es keinen Sex!«

»Martin, ich ...«

»Was soll dieses Klosterverhalten?« Wütend drehte er sich um und zog die Decke bis an seine Ohren hoch. »Mach die Funzel aus, du wolltest doch schlafen. Kannst du jetzt ungestört.«

Völlig geschockt löschte sie das Licht. Es war noch keine Minute vergangen, da hörte sie seine ruhigen Atemzüge, die etwas später in ein leichtes Schnarchen übergingen.

Sie lag noch länger wach.

♥ 21 ♥

Als der Wecker am anderen Morgen klingelte, fühlte sich Insa wie gerädert. Sie schlich ins Bad und duschte. Als sie ihr Haar föhnte, kam Martin ins Badezimmer.

»Es tut mir leid wegen gestern Abend. Ich habe da wohl ein bisschen überreagiert.«

Insa schaltete den Fön aus. »Du musst das verstehen, ich kann ...«

»Pst! Es war total blöd von mir.« Martin umarmte sie zärtlich. »Alles wieder gut zwischen uns?«

Insa nickte, froh, dass wenigstens der Montagmorgen nicht ätzend war. Ob sie sein für sie schockierendes Verhalten allerdings so schnell vergessen konnte, wusste sie nicht.

Im Büro wurde sie mit Spannung erwartet. Anke hatte Kaffee gekocht, stellte ihr eine Tasse hin und wollte gleich alles wissen. Insa hatte gerade mit der Berichterstattung begonnen, als Chefin Linda dazukam. Deshalb startete sie nochmals von vorn.

»Wenn du dich am Schreibtisch eingerichtet und das Wichtigste erledigt hast, komm bitte in mein

Büro«, bat Linda freundlich. Aber Insa wusste genau, dass es ein Befehl war. Sie verschaffte sich einen kurzen Überblick und machte sich dann auf den Weg zur Chefin. Schnell schaute sie noch bei Anke durch die Tür.

Ihre Kollegin öffnete gerade eine Tafel Schokolade.

»Ertappt!« Insa hob mahnend den Finger. »Denk an den Hosenanzug für die Messe. Die Hose besteht nicht aus Stretchmaterial.«

»Du willst nur ein Stück abhaben!«, wehrte sich Anke und hielt ihr mit ausgestrecktem Arm die Tafel hin. Insa konnte nicht Nein sagen.

»Gehen wir heute Mittag zusammen eine Kleinigkeit picken?« Anke hatte Hunger, man sah es ihr an.

»Du hast die Currywurst in den Augen«, feixte Insa.

»Woher weißt du, dass ich an Currywurst gedacht habe?«

»Du hast sie in den Augen, glaub mir.« Insa verriet nicht, dass ihre Kollegin immer *eine Kleinigkeit picken* sagte, wenn sie Currywurst mit Pommes meinte.

»Und? Was ist? Gehen wir?«

»Klar. Darauf habe ich auch Appetit. Ich hol dich um zwölf ab, bin jetzt eben bei Linda.«

Ihre Chefin erwartete sie lächelnd. »Nimm Platz, Insa. Möchtest du einen Kaffee?«

»Nein danke. Ich hatte vorhin eine große Tasse. Das reicht mir.«

»Weshalb ich dich zu mir gebeten habe: Du und dein Vater, ihr habt sicherlich viel zu erledigen bis zur Beerdigung und danach ebenfalls.«

»Es ist schon einiges getan.« Insa berichtete von den Vorbereitungen, die ihr Vater getroffen hatte. »Wie das hinterher wird mit dem Ausräumen der Wohnung oder wie mein Papa das handhaben möchte – keine Ahnung. Es blieb viel zu wenig Zeit, hierüber noch zu sprechen.«

»Das verstehe ich. Ich habe ein Angebot für dich. Du betreust zwei Projekte, die erstens zeitlich nicht pressieren und zweitens vom Laptop aus erarbeitet werden können. Ich wollte dir anbieten, das von Cuxhaven aus zu tun. Auf diese Weise könntest du deinen Vater unterstützen. Wenn alles geregelt ist, kommst du wieder.«

»Ich ...«

»Wie du dir da oben deine Arbeit einteilst, ist mir egal. Voraussetzung ist allerdings, dass ich dich zu den normalen Arbeitszeiten grundsätzlich erreichen kann. Also müsstest du das Handy stets an der Frau haben. Anders wäre es nicht möglich.«

Insa huschte ein Lächeln über ihr Gesicht. »Danke, Linda, das ist total nett von dir. Aber bis zur konkreten Angabe der Seebestattung bleibe ich hier in Düsseldorf.«

»Eine Seebestattung? Na klar, das hätte ich mir denken können. Das ist die würdige Verabschiedung eines Kapitäns zur See. Weißt du, dass ich in den letzten Tagen viel über dich und deine Familie nachgedacht habe? Eigentlich kommst du aus einer anderen Welt.«

Dieser Satz trat bei Insa offene Türen ein. Auch ihr war das in den letzten Tagen deutlich geworden.

»Und Insa, ich würde gerne zur Bestattung kommen.«

Voller Überraschung sah sie ihre Chefin an.

»Wäre es ein Trauerfall hier in Düsseldorf, käme ich sowieso. Ich denke, engen Mitarbeitern ist man verpflichtet.«

»Linda, du müsstest vierhundert Kilometer fahren für einen einzigen Tag«, brach es aus Insa heraus.

»Dessen bin ich mir bewusst. Aber ich werde es ein wenig anders gestalten. Ich nehme mir einige Tage Urlaub und erkunde danach eure schöne Küste.«

»Ja, sie ist wirklich schön. Nur ist es nicht die Ostsee, an die du gern reist. Es ist die Nordsee, die in dieser Jahreszeit sehr herb ist. Wir haben viele Stürme, der Wind bläst dich vom Deich, die Kälte krabbelt dir bis in die Knochen. Es gibt Ebbe und Flut, also keinen durchgängigen Wasserstand. Willst du richtig Meer sehen, musst du dich am Tidenkalender orientieren. Es gibt halt hier auch das Watt. Davon ab, ich mag das.«

Linda grinste. »*Watt* für ein Hotel kannst du mir empfehlen?«

Insa machte den Spaß mit. »Ich find da sicherlich *watt* für dich.«

»*Watt* ein Glück! Sag mir Bescheid, wenn der Termin konkret wird.« Linda stand auf, damit wusste Insa, das Gespräch war beendet.

Insa drehte sich noch einmal um, als sie die Klinke der Bürotür schon in der Hand hatte. »Du, willst du Kolumbus mal sehen?«

»Na klar, du schwärmst ja in hohen Tönen von diesem Hundi.«

Linda kam zu ihr und warf einen Blick auf das Handy. »Ui, der ist aber groß!«

»Und zuckersüß. Man kann seinen Augen einfach nicht widerstehen.« Sie wischte über ihr Handy.

»Da ist er mit Tante Becky. Er ist übrigens verrückt nach Leberwurst.«

»Das sind alle Hunde.«

»Stimmt auch wieder. Und guck hier, das ist Annie, von der ich euch heute früh erzählt habe.«

»Ganz schön schwanger.«

»Und wie! Wenn du tatsächlich kommst, wirst du sie kennenlernen.«

»Klar komme ich.«

»Hier sind noch ein paar Fotos von Kolumbus allein. Ich habe sie aufgenommen, als wir unterwegs waren. Und schau, das ist der Blick vom Deich aus.«

»Mit Monsterboot. Von dort kann ich Schiffe gucken? Toll!«

»Bei uns heißt das anders«, warf Insa ein.

»Und wie?«

»Pötte kieken.«

»Klingt gut. Besonders, wenn du das mit deinem norddeutschen Einschlag sagst. Das mag ich.«

»Echt? Hört man mir das an?«

»Und ob! Aber ich mag sowieso alles Norddeutsche gern. Hamburg, Bremen, Kiel ...«

Insa prustete los. »Das sind große Städte und du verknüpfst das bestimmt mit Extrem-Shopping. Das geht in unserer Gegend nicht wirklich.« Sie schaute erneut auf ihr Handy. »Hier! Das letzte Foto. Das sind Kolumbus und mein Dad.«

Linda sah auf das Bild und war erkennbar überrascht. »Das ist dein Vater?«

»Ja. Warum?«

»Er ... hui, er sieht ... nett aus.«

»Er *ist* nett, weil er mein Papa ist.« Jetzt suchte Insa eifrig in ihrem Handy nach weiteren vorzeigbaren Fotos. »Und hier, das ist er in seiner Uniform. Sie betrachtete das Bild einen Moment. »Da sieht er richtig imponierend aus. Guck!«

Sie hielt Linda erneut das Gerät hin.

»Den kenne ich!«

♥ 22 ♥

Insa war baff. »Wie, du kennst ihn?«

»Ich habe neulich im Fernsehen eine Doku gesehen, da wurden verschiedene Kreuzfahrt-Kapitäne interviewt. Er war dabei.«

»Bist du dir sicher?«

»Absolut. Er wurde sogar noch während des Captains Dinners gefilmt, umrahmt von hübschen Frauen, die alle ein Foto mit ihm wollten.

»Eigenartig, davon hat mir mein Vater nichts gesagt. Darauf muss ich ihn glatt ansprechen.« Insa sah auf die Uhr. »Schon Mittag. Ich habe Anke versprochen, mit ihr Currywurst spachteln zu gehen.«

»Bis später.«

Als Insa den Flur hinunter ging, sah Linda ihr gedankenvoll hinterher.

Es wurde eine nette Pause, aber im Gegensatz zu Linda war Insas Situation kein Thema für Anke, sie sprach nur über ihre geplante Diät.

»Du solltest nicht von Diät sprechen, wenn du hier sitzt und dir Pommes reinziehst.«

»Du siehst das falsch. Das ist sozusagen meine

Henkersmahlzeit. Ich habe gelesen, jedes erfolgreiche Abnehmprogramm startet damit, sich noch einmal richtig lecker satt zu essen.«

»Wenn du meinst ...« Insa wusste, dass es keinen Sinn hatte, mit ihr über vernünftige Ernährung zu diskutieren.

Die restliche Arbeitswoche verging wie im Flug, denn Insa stürzte sich zur Ablenkung tief in die Arbeit. Allerdings konnte sie nicht verhindern, dass ständig ihre Gedanken um die Menschen an der Nordsee rotierten, die sie neu kennengelernt hatte.

Seitdem sie wieder in Düsseldorf war, telefonierte sie fast täglich mit ihrem Vater. Die alte Vertrautheit hatte sich erneut aufgebaut und Insa war glücklich darüber.

Martin sah sie in dieser Woche nicht, erst am Samstag gingen sie gemeinsam ins Kino und verbrachten den Rest des Wochenendes bei ihr. Es war wie immer. Das Thema Cuxhaven wurde nicht mehr angeschnitten und so war zumindest eine Welt in Ordnung: die von Martin.

Mitte der kommenden Woche erfuhr sie den Bestattungstermin und informierte Linda.

Insa versprach ihr, ein Hotel für sie zu besorgen. Sie konnte nicht anders, als dabei an den ruhigen und sympathischen Arne zu denken.

»Was? Du fährst Samstag schon da hoch? Die Bestattung ist doch erst in der nächsten Woche.« Martin stand das Unverständnis ins mäkelige Gesicht geschrieben.

»Erst einmal fahre ich am Samstagmorgen viel

entspannter. Es sind erheblich weniger Lkw und Autos unterwegs. Zweitens möchte ich meinen Vater noch ein bisschen unterstützen und ...«

Martin fiel ihr ins Wort. »Unterstützen! Was muss man denn bei einer Seebestattung unterstützen? Du taperst auf das schlingernde Schiff, fährst raus, die Urne plumpst ins Wasser und es geht zurück.«

Insa wirbelte zu ihm herum. Eine unbändige Wut hatte sie erfasst. »Für diese respektlose Äußerung würde ich dir am liebsten eins in die Fresse semmeln, du Arsch!«

»Wie redest du denn?« Martin gaffte sie wie vom Blitz getroffen an.

»Das wagst du zu fragen? Dann überlege dir, was *du* vorher gesagt hast! Das ist jetzt das zweite Mal, dass du dich unflätig über meinen Großvater äußerst! Beim nächsten Mal schlage ich zu, dass dein Hirn bis Timbuktu fliegt!«

»Mensch Insa, was bist du plötzlich zart besaitet! Das war doch ein Joke!« Er versuchte ein Lächeln, aber es wirkte arg gekünstelt.

»Ach ja? Seit wann reißt man saublöde Witze über das Leid der anderen? Und vor allen Dingen das vom eigenen Partner? Du bist mehr als unsensibel. Was soll das? Ist dir das ein innerer Vorbeimarsch? Na, wenn es dich glücklich macht ...«

»Ich hab es doch nicht so gemeint! Echt! Ich halte mich in Zukunft zurück.« Er wollte Insa an sich ziehen.

Sie haute ihm derb auf die Finger. »Lass das! Ich will dich jetzt nicht nahe haben.«

»Entschuldige. Ich halte ab jetzt die Schnauze und gut.«

»Du hast echt nichts kapiert!« Insa lief in den

Flur, warf ihre Jacke über, schnappte ihre Tasche und verließ ohne ein weiteres Wort seine Wohnung. Tränen der Enttäuschung schossen in ihr hoch, rannen ihre Wangen hinab, als sie ins Auto stieg. Sie wischte mit einem Tempo über ihr Gesicht und fuhr nach Hause.

Dort kochte sie Fencheltee. Den brauchte sie jetzt für ihren Magen.

Was war los mit ihrer Beziehung?

Gut, Martin war nicht unbedingt der Gefühlvollste, das wusste sie, aber derart pietätlos und verletzend?

Ihr Handy klingelte. Es war Linda. »Hast du ein Zimmer für mich?«

»Du, ich bin eben erst nach Hause gekommen. Ich hatte mir das aber für den heutigen Abend vorgenommen.« Das war geschummelt. Die innere Stimme rief: Warum hast du das nicht längst erledigt?

»Prima. Ich hätte nämlich gerne eine Änderung. Ich möchte nicht nur die geplanten drei Tage, sondern eine komplette Woche in der Gegend bleiben. Ich hab meine Termine hier gecheckt, hab was geschoben und – Bingo!«

Insa tat die Freude von Linda gut. Ihre Laune stieg. »Super! Was hältst du davon, wenn ich für dich Fremdenführerin spiele und dir meine Heimat ein wenig nahebringe?«

»Das würdest du tun? Wie lieb! Das Angebot nehme ich zu gerne an. Ich wollte dich sowieso fragen, ob du mir beschreiben kannst, wie ich am besten zum Schiff komme. Ich möchte nicht zu spät erscheinen.«

»Das ist kein Problem. Cuxhaven ist nicht groß.

Und vom Hotel aus bis zum Fährhafen ist es echt ein Klacks.«

»Okay, ich danke dir.«

»Nicht dafür.«

Es tat sich jedoch ein Problem auf. Wie hieß bloß das Hotel von Arne? Es lag an der Grimmershörnbucht, dort gab es schließlich nicht nur ein einsames Hotel! Sie hatte zwar seine Handy-Nummer, die sie am Spaghetti-Abend alle zwecks neuem Termin ausgetauscht hatten, aber den Namen wissen und das Haus googeln wollte sie vorher in jedem Fall. Nicht, dass es eine Spur zu einfach für ihre noble Chefin wäre!

Kurzerhand rief sie Annie an, die sich aufrichtig freute, von ihr zu hören. Sie plauderten ein bisschen, Annie erzählte von den festen Tritten ihres Sohnes Richtung Leber.

»Du glaubst gar nicht, was der Kleine für rechte und linke Haken verteilen kann!« Das Glück sprach aus ihren Worten. »Und Kolumbus ist total lieb. Er legt jetzt öfter den Kopf auf meinem Bauch, wenn ich abends auf der Couch rumlümmel.«

In diesem Moment wurde sich Insa bewusst, dass ihr Kolumbus fehlte. Sie konnte ihn fast riechen, sah seine schönen dunklen Augen und die Schnuffelnase. Eine tiefe Sehnsucht erfasste sie und ihre Antwort kam aus tiefstem Herzen. »Ich freue mich auf euch.«

Und dann kam sie zu dem eigentlichen Punkt ihres Anrufes. »Du, meine Chefin kommt ebenfalls zur Bestattung und benötigt ein Hotel. Wie das so ist«, sie flunkerte hier ein bisschen, »habe ich ihr vom Hotel deines Bruders erzählt und musste mir die Blöße geben, dass ich tatsächlich nicht wusste, wie es heißt. Ich denke, sie wäre dort gut untergebracht und hoffentlich ist etwas frei?«

Sie bemerkte ein kurzes Zögern am anderen Ende der Leitung, erhielt aber die gewünschte Antwort und Annie setzte noch hinzu: »Da wird er sich freuen. Und klar ist zurzeit etwas frei. Wir haben März, es fängt jetzt erst langsam an. Und keine Sorge, du blamierst dich nicht damit.«

»Danke. Bis Samstag!«

Sie hatte noch keine fünf Sekunden aufgelegt, als es an der Tür klingelte. Das konnte nur Martin sein! Sie wanderte in die Küche und schaute aus dem Fenster. Klar, da stand sein Wagen. Die Klingel meldete sich erneut. Eine Millisekunde war sie versucht, ihn einfach vor der Tür stehen zu lassen. Das wäre eine gute belehrende Maßnahme für ihn. Aber sie drückte doch den Öffner.

Einen kurzen Moment ließ sie ihn noch vor der Wohnungstür warten, bevor sie diese öffnete und ihn anblaffte. »Was willst du hier?«

♥ 23 ♥

Er zauberte eine langstielige Rose hinter seinem Rücken hervor.

»Sorry. Es tut mir aufrichtig leid.« Sein Hundeblick war zum Dahinschmelzen.

Sie gab die Tür frei und ließ ihn eintreten.

Martin zog sie sofort in seine Arme. »Ich gelobe Besserung.«

Für den Rest des Abends war Diskussion angesagt. Danach gingen sie, nun wieder versöhnt, ins Bett.

Aber Insa lag noch eine Weile wach, starrte in die Dunkelheit. Sie dachte an Cuxhaven, das Hotel von Arne, an ihren Vater und an die schwangere Annie, die sehr glücklich geklungen hatte – und an Kolumbus, der sicherlich jetzt zufrieden und satt auf seiner Hundedecke lag.

War sie selbst eigentlich glücklich mit dem Leben, das sie zurzeit führte?

Insa fröstelte. Wenn ich mir so eine Frage schon stellen muss, kann es mit dem Glück ja nicht weit her sein.

Neben sich hörte sie ruhige Atemzüge.

Annie vernahm ebenfalls gleichmäßiges Atmen. Im Gegensatz zu Insa konnte sie ihr Glück kaum fassen, es hatte sich langsam und leise in ihr Leben geschlichen.

Manchmal hat im Nachhinein auch eine traurige Geschichte etwas Positives. Wäre sie nicht zusammengebrochen, hätte sie Björn nicht kennengelernt.

Als er am Tag nach seiner beruflichen Visite zu ihr kam, um sich nach ihrem Gesundheitszustand zu erkundigen, war ihr Bruder bei ihr. Sie bemerkte gleich seine Irritation, als er eintrat.

Aber als sie Arne vorstellte, hellte sich sein Gesicht auf, das zumindest hatte sie sich eingebildet und lag damit nicht falsch, wie sich noch herausstellen sollte.

War er extra wegen ihr gekommen? Blödsinn, schalt sie sich bei dem zugegeben aufregenden Gedanken. Sie war hochschwanger und meist gehörte der passende Mann dazu. Nur warum war er hier? Die Fürsorgepflicht eines Notfallsanitäters war mit Beendigung des Einsatzes doch eigentlich abgeschlossen.

Arne hatte gleich einen guten Draht zu Björn. Die Drei tranken eine Tasse Tee und weil ihr Bruder quasi als Rückendeckung bei ihr war, fiel es ein bisschen leichter, ihre private Situation ungeschönt zu erklären. Natürlich nicht so detailreich, wie sie es bei Insa getan hatte. Aber um die Fronten ohne Umwege zu klären. Er kann ja gehen, wenn ihm das nicht gefällt, hatte sie tapfer gedacht.

Björn meinte daraufhin recht locker: »Er wird bestimmt ein ganz Pfiffiger«, hatte auf ihren Bauch geschielt und gegrinst.

Während der Gespräche betrachtete sie ihn. Er gefiel ihr. Ein Typ, bei dem ihr Herz normalerweise höherschlagen würde. Irgendwie ein ganzer Kerl. Aber sie war schwanger von einem anderen Mann. Was bildete sie sich ein? Fahr mal wieder runter, holte sie sich selbst auf den Boden der Tatsachen zurück.

Aber sie nahm all ihren Mut zusammen und wagte es, ihn einzuladen, als er sich verabschiedete. »Übermorgen habe ich Freunde zum Spaghetti-Essen eingeladen. Hast du Lust, dazuzukommen?«

Man sah, dass er kurz überlegte, bevor er zusagte. Annie freute sich und trat ans Fenster, um ihn beim Verlassen des Hauses zu beobachten.

»Oaha! Schwesterherz!« Arne sah sie liebevoll an. Sie zuckte mit den Schultern, hopste zu ihrem Bruder und umarmte ihn.

Wie hatte ihr Herz getrommelt, als Björn am Samstagabend eintraf!

Was für eine Anstrengung es für ihn gewesen war, an diesem Essen teilzunehmen, wusste sie nicht. Das hatte sie erst Tage später erfahren.

Eigentlich hätte er Dienst gehabt. Aber die Kollegen tauschten gern untereinander, eine Hand wäscht schließlich die andere. Nur genau an diesem Wochenende war es schwierig, denn zwei Kollegen feierten runde Geburtstage in der Familie und der dritte hatte leider schon getauscht. Während er mit der Sachlage haderte und schweren Herzens absagen wollte, kam der Neuling der Wache hereinspaziert, den er überhaupt nicht auf dem Schirm gehabt hatte und bot ihm den Wechsel an. Ihm war seinerseits an einem freien Tag Mitte der folgenden Woche gelegen.

Am anderen Morgen hatte Björn sie gleich angerufen und auf einen Kakao mit Meerblick eingeladen. Freudig hatte sie zugestimmt und sich seit Langem mal wieder richtig in Schale geworfen.

Leider war die Zeit durch seinen anschließenden Dienst begrenzt, aber es waren zwei wundervolle Stunden geworden, gefüllt mit einer herrlichen Unbeschwertheit, die sie seit Beginn der Schwangerschaft so nicht mehr empfunden hatte.

Als er sich von ihr verabschiedete, nahm er sie sanft in den Arm. »Darf ich mich nach meiner Schicht bei dir melden?«

Glücklich hatte sie genickt – und klebte ein Ohr an ihr Handy. Sie wurde nervös, als er zur geplanten Zeit nicht anrief. Also doch nichts. Schade.

Erst zwei weitere Stunden später erlöste er sie. »Sorry, fünf Minuten vor Schichtende kam noch ein Notfall rein. Und wir müssen raus. Egal, ob wir in Kürze Feierabend haben. Man weiß eben vorher nicht, wie lange der Einsatz dauert.«

Sie verabredeten sich erneut und er zeigte ihr sein Dreißig-Quadratmeter-Apartment. »Für mich reicht das«, hatte er gemeint und ungewohnt schüchtern ein Hinweis auf die Zukunft gegeben. »Anders sieht es natürlich aus, wenn man Familie hat ...«

Die nächsten Tage verbrachten sie jede freie Minute zusammen, wurden immer vertrauter und stellten fest, dass sich ihre Einstellungen und Vorlieben ähnelten. Zwischen ihnen allerdings stand ein runder, unübersehbarer Acht-Monats-Bauch.

An einem Abend tobte ein typisch norddeutscher, turbulenter Sturm. Björn bot ihr heroisch an, sie die Nachtstunden über zu beschützen. »Dein felliger

Bodyguard ist ja heute nicht da für dich.«

Kolumbus war fürs Erste abwechselnd bei Annie und Jens untergebracht, wie es eben passte. Jens hatte ihn zurzeit mit zu einem Besuch ins Alte Land genommen, wo ein Freund von ihm wohnte, der ebenfalls einen Hund hatte, mit dem er herumtoben konnte.

»Du möchtest also in dieser Nacht mein Held werden«, sie zwinkerte ihm schelmisch und nach außen hin relaxed zu. Innerlich jedoch tobte ein Gefühlssturm, der dem draußen in nichts nachstand.

Björn zog Annie zu sich heran. Sie ließ es geschehen. Ihr Herz klopfte derart laut, dass sie glaubte, er müsse es hören. Dann bekam sie einen zarten Kuss, so als erwarte er einen Widerstand. Als der nicht kam, küsste er sie fordernder.

»Annie?«

»Ja?«

»Könntest du dir vorstellen, dass ich bei der Geburt dabei wäre?«

Sie glaubte, ihren Ohren nicht trauen zu können. »Bitte?«

»Wenn du das nicht willst ... ich meine ...«

»Du möchtest wirklich dabei sein?« Annie hatte einen trockenen Mund bekommen. Sie forschte in seinen Augen.

»Ich falle nicht um. Ich kann das. Gehört mit zu meinem Beruf.«

»Das meinte ich nicht. Wir kennen uns doch noch nicht lange.«

»Ich weiß. Aber ich möchte bei dir sein. Und warum sollte man eine gewisse Zeit warten?«

»Wir haben noch nicht einmal zusammen geschlafen!«, brach es aus ihr heraus.

»Ja und? Das geht halt eben zurzeit nicht. Und ist eine Liebe nur etwas wert, wenn man gemeinsam in die Kiste klettert und einen Erfolg verbucht? Lass es doch langsam wachsen zwischen uns beiden.«

»Aber ich bin nicht mehr lange allein, Björn. Was ist mit meinem Baby?«

♥ 24 ♥

Björn legte den Zeigefinger unter Annies Kinn und hob ihren Kopf an.

»Ich liebe dich und dein dickes Bäuchelchen, Annie. Und damit auch dein Baby. Eine Hälfte ist mir unbekannt, aber die andere ist von dir. Und somit muss ich deinen Sohn gerne haben.«

»Danke. Das bedeutet mir alles.« Tränen der Rührung sammelten sich in ihren Augen.

»Und noch etwas. Bitte denke gut darüber nach. Aber bis zur Geburt hätte ich gerne eine Antwort von dir.«

»Worüber soll ich nachdenken?«

»Könntest du dir vorstellen, dass es nicht nur dein Baby ist, sondern unsers?«

Die Erinnerung an diese wundervollen Worte in einer der stürmischsten Nächte der letzten Jahre ließen Annie wiederholt wohlige Schauer über den Rücken rieseln. Sie kuschelte sich vorsichtig an Björn und schloss ihre Augen.

Eine Antwort hatte sie ihm bisher nicht gegeben. Es blieb noch ein bisschen Zeit. Zudem wollte sie die Bestattung von Henrik hinter sich bringen. Danach erst war sie richtig frei und würde den Fokus auf die Zukunft legen.

»Willst du wirklich schon am Wochenende fahren?« Martin wollte sich anscheinend vergewissern, dass er Insa am Vorabend richtig verstanden hatte.

»Martin! Beginnen wir die Diskussion von Neuem?« Insa stemmte die Hände in die Hüften.

»Nein, nein! Ich habe nur gedacht, also, nee, ist gut. Mach, wie du es für richtig hältst.«

»Das will ich wohl meinen.«

Es war wie immer, er maulte letztendlich so lange, bis sie irgendwann klein beigab. Diesmal jedoch nicht! Sie würde fahren und stellte zu ihrem Erstaunen fest, dass mittlerweile fast ein Monat vergangen war. Die Zeit raste.

»Sehen wir uns denn am Freitagabend noch?«, fragte Martin nun ein bisschen schüchtern.

»Ja, nur nicht lange. Ich fahre zeitig los.«

»Ich komme zur Bestattung hoch. Wenn ich um sechs morgens losfahre, reicht das?«

Insa sah ihn mit Unverständnis an. »Nee, das reicht überhaupt nicht. Sei bitte am Abend vorher da. Ich möchte am Bestattungstag keinen Stress, weil du es zeitlich nicht schaffst.«

»Ich habe einen Rennwagen.«

»Das nutzt wenig, wenn die A1 staubedingt dicht ist oder ein Unfall dich zu einer Umleitung zwingt.«

»Also gut.« Martin sah auf seine Armbanduhr. »Es wird Zeit, ich muss los. Wir telefonieren.«

Er küsste sie und war dann verschwunden.

Ihr war seine Art des Mopperns schließlich bekannt. Normalerweise konnte sie die sonst wegstecken, jetzt jedoch ging sie ihr tierisch auf die Nerven.

Kaum im Büro eingetroffen, erledigte sie erst zwei wichtige Telefonate, bevor sie bei Arne anrief. Leider erwischte sie nur die Mailbox.

Kurz vor ihrer Mittagspause meldete er sich zurück.

»Sorry, Insa, seit drei Jahren hatte ich den ersten Arzttermin. Und ausgerechnet da rufst du an.«

Sie lachte auf. »Murphys Gesetz. Kenne ich. Ich hoffe, ich habe nicht gestört.«

»Konntest du nicht. Ich hatte das Handy stummgeschaltet. Und höre ich jetzt eine Einladung zur nächsten Spaghetti-Runde?«

»Bedauerlicherweise nein. Aber ich bräuchte ein schönes Zimmer. Für meine Chefin. Es ist nämlich folgendermaßen ...«, und sie berichtete ihm.

»Wenn du möchtest, kannst du meine beste Suite vorab begutachten. Die ist frei.«

»Nein, ich buche fest. Wichtig ist mir, dass ein bisschen Komfort vorhanden ist.«

»Wann bist du wieder hier im Norden?«

»Ich komme Samstag.«

»Da hab ich Termine. Aber wie wäre es denn, wenn du Sonntag vorbeischaust?«

Dieser Versuchung konnte Insa nicht widerstehen. »Okay. Wann passt es?«

Den Freitagabend verbrachten Martin und sie in ihrem Lieblingsrestaurant. Als er dann aber mit zu ihr wollte, lehnte sie ab. Sie war stolz auf sich, dass sie es durchzog.

»Weißt du, morgen früh stehe ich zeitig auf. Da

wirst du nur gestört und rausgeschmissen. Wir sehen uns nächste Woche.« Sie wusste, was passierte, kam er mit. Das wollte sie heute nicht.

»Schade, aber okay. Ich bin froh, wenn uns das normale Leben wieder hat.«

Mit einem zärtlichen Kuss verabschiedete er sich. »Fahr vorsichtig und pass auf dich auf.«

Als sie am kommenden Morgen auf die Autobahn fuhr, erschien ihr jeder Meter wie eine Befreiung. Obwohl sie zu einem traurigen Anlass nach Cuxhaven zurückkehrte, spürte sie eine Vorfreude – auf ihren Vater, auf Annie und wie verrückt auf Kolumbus. Eine gewisse Anspannung reiste ebenfalls mit, denn sie würde Arnes Hotel kennenlernen.

Gegen zehn kam sie an. Annie entdeckte sie und winkte ihr wild aus dem Fenster zu. Sie war kaum ausgestiegen, als die Haustür aufgerissen wurde. Annie und Kolumbus eilten ihr entgegen. Den Wettstreit gewann natürlich Kolumbus.

Nun stand er vor Insa, wedelte mit dem Schwanz und schaute erwartungsfroh zu ihr hoch. Sie hockte sich hin, umarmte ihn liebevoll und hauchte ihm einen Kuss auf. »Ich habe dich vermisst, du süßer Fellklotz!«

»Schau, wir zeigen dir jetzt, was wir in der Zwischenzeit gelernt haben.« Annie hob ihren Zeigefinger. »Gib Pfötchen!«

Brav hob Kolumbus die Pfote, die Insa gerührt ergriff. »Hallo Großer, gut gemacht«, lobte sie.

Dann stand sie auf und umarmte Annie. »Moin, meine Liebe. Mensch, du bist ja noch runder geworden! Und das in nicht mal vier Wochen!«

»Moin Insa. Ich fühle mich auch wie ein Kugelfisch. Komm rein und direkt mit zu mir. Ich habe uns Frühstück gemacht.«

»Oh toll! Das kann ich jetzt vertragen.«

»Dein Vater kommt übrigens gleich dazu. Er ist noch einkaufen.«

Mit Freude holte Insa ihre Reisetasche aus dem Kofferraum und begleitet von Kolumbus, der ihr nicht von der Seite wich, betrat sie den Flur. Der gewohnte Geruch empfing sie. Zu Hause.

Die nächste Überraschung verschlug ihr fast den Atem, denn Annie erzählte ihr von Björn. Ihre Augen strahlten.

»Das ... überr ... freut mich total für dich.« Sie war verdattert, aber tatsächlich hatte sie die Wahrheit gesagt. Björn mochte Annie sehr, das war offensichtlich gewesen. Sie und ihr Baby hatten Glück verdient.

»Björn ist die meiste Zeit bei mir. Er hat nur ein kleines Apartment, hier ist es viel hübscher. Und näher zur Bucht. Wir gehen öfter Pötte kieken. Das erinnert mich an deinen Großvater, Insa. Und komischerweise kann ich dabei lächeln, wahrscheinlich, weil es eine wunderschöne Erinnerung ist.«

Kurz danach kam Insas Vater und sie entschlossen sich, einen Spaziergang mit Kolumbus zu machen, um Annie ein wenig Ruhe zu gönnen. Zwei Stunden waren sie unterwegs und Insa genoss jede Minute davon. Kolumbus raste wie ein Wilder von ihnen fort und erneut auf sie zu, als hätte er sich wochenlang nicht bewegt.

»Ich glaube«, vermutete Insas Vater, »er freut sich, dass du wieder da bist.«

»Weißt du was, Papa, ich freue mich auch«, und sie hakte sich bei ihm unter.

Insa wollte den Abend bei Annie verbringen.

Ihr Vater zog sich zurück. »Macht euch einen schönen Mädelsabend«, war sein Kommentar. Und unvermittelt fragte er: »Du triffst dich morgen mit Arne?«

♥ 25 ♥

»Woher weißt du das?« Insa war überrascht.

»Annie hat erwähnt, du benötigst ein Zimmer für deine Chefin und möchtest es inspizieren.«

»Da sind die Tatsachen aber ein bisschen verdreht!«

Eigentlich wollte sie den Abend mit Annie verbringen, doch unvermittelt bekam sie rasende Kopfschmerzen. Insa entschuldigte sich bei ihr.

»Es tut mir echt leid, aber ich werde nur noch eine Kleinigkeit essen, eine Tablette nehmen und mich dann hinlegen.«

»Oh schade, ich hatte mich darauf gefreut. Hast du denn was zu futtern da, was du dir schnell machen kannst?«

»Es steht noch ein Dosensüppchen im Vorrat.«

»Das ist doch keine Grundlage für Tabletten! Ich hatte für heute Abend Matjes mit Bratkartoffeln und Salat geplant. Das bereite ich jetzt zu und du ziehst dir das rein.«

»Aber ...«

»Nichts aber. Geh ein Tablettchen schlucken. Ich

bringe dir gleich einen Teller runter.«

»Ich wollte dich noch was fragen, Annie. Kannst du morgen früh mitkommen?«

»Zu Arne? Klar, wenn du das möchtest. Aber mein Bruder tut dir nichts.«

Insa lachte auf. »Auf den Gedanken wäre ich gar nicht gekommen. Ich fände es nur schön. Und vielleicht können wir beide hinterher Pötte kieken gehen, sofern es nicht gerade stürmt oder in Strömen gießt.«

Sie hatte richtiggehend Sehnsucht nach dem berauschenden Ausblick auf die Grimmershörnbucht. Und alleine wollte sie dabei diesmal nicht sein.

»Das Wetter soll morgen trocken sein. Und ja, das ist eine tolle Idee!«

Insa versorgte sich mit einer Tablette. Wenig später traf der CPGL, der *Cuxhavener Premium-Gourmet-Lieferservice* ein, wie Annie schmunzelnd kommentierte.

Nach dem Essen legte sich Insa hin.

Aber hier in der Wohnung fehlte ihr schlicht Kolumbus, der oben unterm Dach bei ihrem Vater war. Sie rappelte sich nochmals auf und tapste mit nackten Füßen hoch.

»Papa, kann ich Kolumbus mit nach unten nehmen?«

Er lachte. »Wenn er will.«

Aber der große Hund war schon aufgesprungen.

»Liebster Kolumbus«, gurrte sie lächelnd, »magst du heute Nacht mein Beschützer sein?« Sie ging zur Tür. »Schlaf gut, Papa.«

»Du auch.«

Ihr Vater blieb nachdenklich, aber mit innerlicher

Freude, zurück. Sollte seine Insa ihre Wurzeln wiederfinden?
Am Morgen wachte Insa nur noch mit leichten Schmerzen auf.

Der Tag begann regenfrei, sie lief mit Kolumbus los und sie kamen gut durchgepustet, aber trocken, wieder zu Hause an. Und nach dieser ausgiebigen Runde war auch der letzte Kopfdruck verschwunden.

»Komm Kolumbus, wir beide frühstücken jetzt.« Insa stellte ihm seine Schale hin und betrachtete ihn, während er futterte. Ein Schwall Liebe für den großen Hund kam in ihr hoch. Sie würde ihn abermals verlassen müssen und war dann vierhundert Kilometer von ihm getrennt. Wie oft würde sie überhaupt hierher fahren können? Für ein Wochenende lohnte kaum. Sie könnte ihren Urlaub hier verbringen.

Und Martin? Der hatte für seine Urlaubstage nur das Club-Leben im Süden im Sinn. Wie viel Zeit also blieben ihr von den dreißig Tagen Jahresurlaub? Ein blödes Gefühl schlich sich in ihr Herz. Sie verbannte die beklemmenden Gedanken. Die kommenden drei Wochen hatte sie Urlaub. Und den verbrachte sie hier! Fertig.

Martin hatte versucht, einen Teil davon für sich zu beanspruchen. »Eine Woche bleiben wir von mir aus in Cuxhaven, aber dann könnten wir eine Last-Minute-Reise buchen.«

Insa hatte rigoros abgelehnt, was erneut zu einer längeren Diskussion geführt hatte. Nach Highlife stand ihr derzeit überhaupt nicht der Sinn.

Und es gab Kolumbus. Das wären weitere Tage ohne ihn, sein liebes Gesicht, seine herzerweichenden Kulleraugen, sein weiches Fell, die hübschen Schlappöhrchen, seine Art, schwanzschwingend vor ihr herzulaufen ...

Nein, es würde keine Reise in den Süden geben. Jedenfalls nicht in absehbarer Zeit.

In Kürze schlug Martin hier auf. Vielleicht änderte er seine Meinung in puncto Urlaub noch, wenn er erst die Gegend hier kennenlernte.

Nach dem Frühstück schminkte sie sich wenig, jedoch sorgfältig, und sprühte einen zarten Duft auf. Sie beäugte sich noch prüfend im Spiegel, als Annie in der Tür stand. »Fertig?«

»Fertig! Ich habe das doch richtig verstanden, Hunde sind willkommen?«

»Ja. Kolumbus kann mit. Davon abgesehen, Arne kennt ihn gut.«

»Ups«, kicherte Insa, »das hab ich völlig verdrängt. Wie doof von mir!«

Wir könnten laufen, aber wenn wir nachher auf den Deich möchten, sollten wir jetzt das Auto nehmen.« Annie deutete auf ihre pralle Rundung. »Es wird nämlich immer beschwerlicher. Ich habe das Gefühl, ich rolle mittlerweile voran. Und ständig aus der Puste bin ich zudem.«

Sie erreichten das Hotel. Es war vollkommen anders als in Insas Vorstellung. Warum habe ich es vorher eigentlich nicht gegoogelt, wie ich mir vorgenommen hatte, fragte sie sich. Die riesige, alte Villa verströmte Behaglichkeit.

Arne empfing beide mit einer freundlichen Umarmung. Wollen wir zuerst eine Tasse Tee trinken oder lieber nach der Besichtigung?«

»Nachher, sonst platze ich vor Neugier!«, gestand Insa frei heraus.

Sie wanderten ins Dachgeschoss, wo sich die Suite befand. Zwei miteinander verbundene, geräumige Zimmer, eingerichtet im maritimen Stil, gefielen ihrer Chefin mit Sicherheit. Die Suite bot durchaus Highlights. Ein Bad mit Whirlpool und den grandiosen Ausblick aus den Fenstern auf die Grimmershörnbucht.

»Pötte kieken von hier aus. Was für ein Luxus!«, entfuhr es Insa.

»Joah, hier ist es schön«, bestätigte Arne.

»Perfekt. Genau das Richtige für meine Chefin. Sie ist auf eine gewisse Art sehr ... sehr ...hm«, Insa suchte nach dem passenden Wort.

»Snobistisch?«, fragte Arne.

»Nee, das trifft es nicht.«

Annie schlug ein anderes Wort vor. »Verwöhnt vielleicht?«

»So kann man es nennen, wenn man es in positivem Sinne sieht. Wählerisch würde auch noch passen. Sie ist eben ein Luxusweibchen, aber ein echt nettes.«

Ein wenig später saßen sie im Frühstückszimmer des Hotels, tranken Tee und knabberten an Heidesand-Plätzchen.

»Wie lecker«, lobte Insa, »total buttrig!«

»Danke. Ich lasse sie von einer älteren Dame hier aus der Nachbarschaft backen.«

»Die haben nicht nur die besten Rezepte, sondern zudem das passende Keks-Händchen. Darf ich nochmals zugreifen?«

»Bitte!« Arne hielt Insa die Schale hin.

Aber sie griff nicht zu, denn ihr Handy klingelte. Das Display verriet ihr Linda.

»Dir haben wohl die Öhrchen geklingelt, ich sitze nämlich in dem Hotel, das dich beherbergen wird.«

»Oh fabelhaft«, jubelte Linda, »mach doch bitte ein Foto von meinem Zimmer und schicke es mir.«

Insa kicherte. »Ich muss erst fragen, ob ich da noch einmal rein darf.«

Erneut führte Arne sie in die Suite, wo sie mehrere Fotos schoss, um diese auf der Stelle an die neugierige Linda zu übermitteln.

»Ist sie immer so?«

»Ein absoluter Kontrollfreak, aber wie vorhin schon gesagt, sehr liebenswert.«

»Hast du ein Foto von ihr? Ich möchte jetzt wissen, wie sie aussieht.«

Insa zeigte ihm das WhatsApp-Profilbild.

»Wow, ein Model-Typ.«

»Stimmt.« Nur warum mochte sie diese Äußerung von Arne so gar nicht?

Später, am Seedeich mit Annie, versuchte Insa, einige Informationen über Arne zu bekommen. Vorsichtig tastete sie sich ran, während sie wie nebenbei Kolumbus streichelte, der mit geradem Rücken, aufmerksam zu den Seiten blickend, neben der Bank saß und den Security-Service mimte.

»Ein Hotel ist reichlich Arbeit, nicht?«

»Kann man sagen.«

»Da braucht man einiges an Personal.«

»Genau.«

»Es ist natürlich auch schön, wenn man das als Paar gemeinsam stemmt.«

»Bestimmt.«

»Ich finde, zu zweit arbeiten ist was Tolles!«
»Ich denke das.«
Mensch, Annie könnte ja mal ein paar Infos rüberwachsen lassen!
Annie hatte mittlerweile sichtlich Spaß. Lässig meinte sie: »Frag mich doch einfach direkt, ob Arne eine Freundin hat.«

♥ 26 ♥

Auaha, Annie hatte sie ertappt! Wie blöd! Wo sie doch genau wusste, dass Martin in einigen Tagen anreiste.

Nur leugnen wäre jetzt dämlich. Sie war krebsrot geworden, das war ihr auch ohne Spiegel klar, denn ihr Gesicht brannte.

»Okay«, sie hob beide Hände, »hat dein Bruder eine Freundin?«

»Warum nicht gleich?«, amüsierte sich Annie. »Nein, hat er nicht. Bis jetzt hatte er die Schnauze gestrichen voll. Er ist geschieden.«

»Oh! Und ... und Kinder?«

»Nö. Keine.« Annie sah sie nicht an, sondern beobachtete den Containerriesen, der sich langsam elbaufwärts nach Hamburg kämpfte. »Das mit deinem Martin ... richtig läuft das nicht, oder?«

»Doch natürlich!« Das kam viel zu schnell und zu laut ebenfalls. Insa entschied sich für Offenheit. »Nee, nicht wirklich«, gab sie zu. »Irgendwie hat der Tod meines Großvaters etwas geändert. Vielleicht habe ich auch einfach die rechte oder linke Scheuklappe verloren.« Sie zeigte auf ein weiteres

Containerschiff. »Kiek mal, das ist noch größer als das andere.« Sie machte eine kurze Pause. »Weißt du was? Martin ist mir momentan egal. Ich habe jetzt Gott sei Dank ein bisschen Zeit allein, bevor er kommt. Und danach ...«

»Ist es auch egal«, prustete Annie los. Insa stimmte ein. Kolumbus schien es genauso lustig zu finden, denn er bellte auf.

Die nächsten Tage waren die beiden unzertrennlich. Gemeinsam fuhren sie in die Fußgängerzone der Innenstadt.

»Das ist sicherlich kein Vergleich zu Düsseldorf«, meinte Annie.

»Überhaupt nicht. Die Kö mit ihren Designershops hat durchaus ihren Reiz, natürlich die verschiedenen Bereiche der Stadt ebenfalls. Und die Rheinpromenade ist schön, da gibt es nichts! Aber die Anzahl und Größe der Geschäfte ist eine völlig andere Nummer.« Insa sah die kleine Fußgängerzone hinauf. »Weißt du was? Cuxhaven hat Charme. Und Parkplatzprobleme sind lange nicht so groß wie in Düsseldorf. Du kannst dir gar nicht vorstellen, wie ich das schätze. Sogar in der Straße, wo ich wohne, kämpfe ich tagtäglich damit.«

»Ich würde Düsseldorf gerne kennenlernen.«

»Komm einfach mit, wenn ich zurückfahre.«

»Aber das geht doch nicht!«

»Warum nicht?«

»Nachher ist dein Martin sauer.«

»Das ist schon für ihn in Ordnung. Und wenn überraschenderweise nicht, sein Pech!«

Man sah Annie an, dass sie überlegte. »Wir können ja noch mal drüber sprechen. Ich muss erst se-

hen, wie die Schwangerschaft fortschreitet.«
»Machen wir.«
Sie arbeiteten sich Laden für Laden vor, fanden Strampelanzüge für das Baby und amüsierten sich dabei.
Oh nee, diese kurzen Ärmchen – schau, die winzigen Füßlinge – hier ist eins mit einem Teddy – das mit dem kleinen Fuchs ist aber auch zu niedlich – ich finde das mit den Luftballons süß – wie, du kannst dich nicht entscheiden, dann bleibt dir nichts anderes übrig, als alle zu nehmen – die Mütze hier ist klasse, da ist ein Wal drauf, der grinst – und hier ist eine mit einem bunten Blubberfisch, wie nett.
Mit mehreren Tüten bepackt schlenderten sie zurück zum Auto, das auf dem Parkstreifen nahe Schloss Ritzebüttel stand.
»Da freue ich mich wieder auf den nächsten Advent«, Annie warf einen Blick auf das kleine, feine Schloss mit dem hübschen Park drumherum. »Der Weihnachtsmarkt ist zwar winzig, aber irgendwie total schön.«
»In der kommenden Adventszeit strahlen neben den Augen einer glücklichen Mami schon Kinderaugen mit.«

Abends kochten sie gemeinsam, aber war Insa ehrlich, schaute sie sich das Kochen bei Annie eher ab. Sie war Hilfskraft, eingeteilt zum Schnippeln und Zureichen. Doch es machte Spaß. Sie hatten viel zu lachen, auch über Annies dicken Bauch, der das eine oder andere Mal im Weg war.
Zwischendurch musste sie sich setzen, es war anstrengend geworden.
Insas Vater hatte sich abgemeldet, er war mit Ko-

lumbus zu einem Freund gefahren, der in Hamburg lebte und übernachtete dort.

»Jens hat Freunde überall«, stellte Annie fest.

»Seemann halt.«

Den kommenden Tag verbrachten die Mädels vor dem Fernseher. Das Wetter war wieder typisch norddeutsch. Beinahe wütend trommelte der Regen gegen die alten Fensterscheiben. Aber mittlerweile war es nicht mehr so kalt, der Frühling kündigte sich an, vereinzelt war bereits zaghaftes Grün in den Bäumen zu entdecken.

Sie machten sich einen gemütlichen Serientag und schauten diese rauf und runter. Zwischendurch futterten sie Chips und all das, was Annie auf die Schnelle zubereitete. Immer, wenn eine frische *Lieferung* an den Tisch kam, war Insa aufs Neue geflasht. »Wie hast du das denn so flott gezaubert?«

»Ach, geht ganz fix«, war stets die Antwort.

Jede lag in einer Ecke der Couch, von einer molligen Decke umschlungen.

Ruckartig schlug Annie ihre Decke an die Seite. »Insa, sieh!« Sie zeigte auf ihren Bauch, die sich an einer Stelle unübersehbar beulte. »Ich glaube, das ist ein Ärmchen.«

Fasziniert sah Insa auf die sich wellende und bewegende Stelle. »Wow! Und aufregend, dass ich das hautnah erleben kann. Darf ich anfassen?«

Als es ruhig bei Annie geworden war, schlug sie die Decke wieder über. »Herrlich!«, freute sie sich. »Was haben wir für eine wunderbare Zeit, richtig zum Seele baumeln lassen.«

»Ich liebe solche Tage, an denen man sich daheim komplett einigeln kann, es draußen kalt und drinnen kuschelig warm ist – und man genügend zu futtern hat.«

»Weißt du, wann ich das besonders mag? Wenn Schneeflöckchen rieseln oder bei Sturm. Das finde ich großartig.« Annie lachte auf. »Dabei sollten wir uns jetzt auf den Frühling freuen. Eigentlich wollte ich zu gerne noch ins Alte Land zur Kirsch- und Apfelblüte. Aber das wird wohl dieses Jahr nichts. Es ist wunderschön dort. Die Düfte, die Farben, weiß, rosé und grün.«

»Aus dem Alten Land kommen übrigens – wie passend – zwei *alte* Damen zur Bestattung von Opa.« Insa musste ob dieser Assoziation kichern. »Es sind Freunde meiner Großeltern. Allerdings habe ich sie lange nicht mehr gesehen. Die kannst du interviewen, wo es eine passende Unterkunft für Mama und Baby gibt.«

Annie wiegelte ab. »Vielleicht im nächsten Jahr. Und wir sind dann sowieso zu dritt, wenn es bleibt, wie es momentan ist.«

Insa verabschiedete sich, als Björn eintraf.

»Du musst aber jetzt nicht gehen«, meinte Björn zu ihr.

»Doch. Wir hatten echt schöne Stunden, nun ist Kuscheltime für euch zwei – nee, euch drei.« Sie umarmte beide.

Insa hörte, wie Björn mit warmer Stimmlage zu Annie sagte: »Was macht unser Kleiner?«

An der Tür drehte sie sich noch einmal um und sah, wie Björn liebevoll über ihre pralle Kugel strich.

»Alles gut!«, hauchte Annie und lehnte sich glücklich an ihn.

Insa telefonierte mit Martin. Morgen Abend wäre er hier bei ihr. Sie fühlte durchaus eine innere Spannung. Wie würde er auf das Haus, die Menschen um sie herum und natürlich Kolumbus reagieren?

»Ich bleibe nur bis zum Wochenende.«

Insa wusste nicht, was sie hörte. »Wir haben doch abgesprochen, du verbringst ein paar Tage hier.«

»Ich weiß, aber ich habe Termine zu Beginn der Woche.«

»Du hast doch gesagt, dass ...«

»Insa, es geht nicht. Wir haben ja zwei Tage und drei Nächte für uns.«

Na toll! Was dachte er sich denn? »Martin, die Nächte werden nicht, wie du sie dir vielleicht vorstellst. Es ist die Verabschiedung meines Großvaters!«

Der Nachdruck in Insas Stimme ließ die Alarmglocken bei Martin schrillen. »Das weiß ich, mein Mäuschen«, lenkte er ein. »Ich habe nur gemeint, es sind drei Nächte, wo wir uns aneinander kuscheln können.«

»Ah so.«

»Ich freu mich auf dich. Küsschen.«

Insa hatte das Handy noch nicht aus der Hand gelegt, als es erneut klingelte. Diesmal war es Linda.

♥ 27 ♥

»Huhu! Insa! Ich habe alles gepackt. Ich mache es wie du, morgen früh geht es auf die Autobahn, ich fahre um halb sechs los. «

»Dann bist du zwischen elf und zwölf hier, je nach Verkehr.«

»Ist die Karenzzeit von einer Stunde Stau oder die Pinkelpausen?«, scherzte Linda.

»Die Kombination daraus. Saus bitte nicht ins Hotel, komm erst hierher.« Sie gab ihrer Chefin die Adresse durch. »Ich möchte dir das Haus meines Großvaters zeigen und dich auch mit meinem Vater und Annie bekannt machen.«

»Und Kolumbus.«

Insa war gleichzeitig überrascht und erfreut. Sie hatte den Hund nicht vergessen! »Bis morgen.«

»Warte!«, rief Linda in den Hörer. »Soll ich noch etwas mitbringen, was es dort oben nicht gibt?«

Sie lachte auf. »Hier gibt es alles, Chefin.«

Insas Anspannung stieg von Minute zu Minute. Linda hatte angerufen, als sie Bremerhaven passierte. Somit wäre sie in ungefähr einer halben Stunde vor Ort. Sie ließ nochmals einen prüfenden Blick über den Tisch gleiten. Schön sah er aus, empfand sie. Der Strauß bunte Tulpen sorgte nach dem langen Winterwetter für gute Laune.

Annie hatte es sich nicht nehmen lassen, Muffins zu backen und sie mit einer leckeren Creme zu krönen. Insa hätte am liebsten die komplette Schüssel ausgeschleckt.

»Boah, himmlisch! Mensch, Annie! Du solltest ein Café eröffnen.«

»Ein Mama-und-Kind-Café, was?«

»Zum Beispiel.«

»Nee, ich mag meinen Job als Schulsekretärin. Und jetzt nimm deinen Finger aus der Schale«, hatte Annie amüsiert gemeint und ihr auf die Hand geschlagen, »sonst müssen wir die Muffins nackt und trocken essen.«

Nun standen die kleinen, appetitlichen Kunstwerke auf einer Etagere. Annie hatte sie passend zum Frühling mit Esspapier-Schmetterlingen dekoriert. Wo sie diese außergewöhnlichen Dinge nur immer herhatte?

Insa kannte natürlich schön verzierte Torten oder Häppchen, sie hatte schließlich beruflich damit zu tun. Aber die bestellte sie beim Caterer und gut. Und Annie bekam das alles privat auf die Reihe. Mal eben so.

»Ich habe da mein Zauberkistchen«, hatte sie preisgegeben, einen Küchenschrank geöffnet und eine große Box herausgeholt.

Insas staunte. »Das ist ja eine richtige Erlebnis-Kiste!«

»Wenn ich irgendwo tolle Tortendeko und anderes entdecke, schlage ich zu.«

»Du Fuchs!«, griente Insa.

»Oh yeah!« Annie machte das Siegeszeichen.

Insa richtete eine Tulpe, die sich vorwitzig außerhalb ihres Arrangements geschlängelt hatte. Sie fand es witzig, dass Tulpen in der Vase noch so vor sich hinwuchsen.

Ein Geräusch an der Tür ließ Insa aufhorchen. Es waren ihr Vater und Kolumbus.

»Schön, dass ihr da seid«, freute sie sich. Sie krabbelte an einem Öhrchen von Kolumbus. Der machte sich jedoch auf ins Obergeschoss und kratzte vernehmlich an Annies Tür.

Ihr Vater hängte die Leine und seine Jacke an die Garderobe. Die Aufmerksamkeit von den beiden Jakobsens wurde von einem Auto in Anspruch genommen, das in diesem Moment auf der gegenüberliegenden Straßenseite parkte. Eine extrem elegante Dame stieg aus.

»Na, die hat sich hier verfahren. Navi kaputt.« Ihr Vater fixierte gebannt die kleine, blonde Schönheit. Er beobachtete, wie sie absolut sicher auf atemberaubenden High Heels um das Auto herumlief und einen Blumenstrauß aus dem Kofferraum befreite. Also war sie doch richtig! Mal beobachten, wohin sie stöckelt, dachte er amüsiert und sagte laut: »Die wollte wohl nach Hamburg.«

Insa knabberte an ihrer Unterlippe. So was aus dem Munde ihres Vaters.

Sie betrachtete Linda zeitgleich mit ihm. Sie sah echt atemberaubend aus. Ein dunkelblauer Mantel, lässig offen, gab den Blick auf ein taubenblaues, auf Figur gearbeitetes Kostüm frei. Die Farben standen ihr außerordentlich gut. Es musste neu sein, denn Insa kannte es noch nicht. Wo hatte sie nur diese Schuhe her? Es war genau der passende Ton! Die Nylons in Schwarz gaben ihren schlanken Beinen eine beneidenswerte Silhouette. Das Haar trug sie, wie immer, als Hochsteckfrisur. Aus der Ferne konnte sie ihr Make-up nicht sehen, aber nach dem Rest zu urteilen, war natürlich auch das am heutigen Tage der Knaller.

»Na«, ihr Vater verschränkte die Arme vor der Brust, »dann schauen wir jetzt mal, wohin die tippelt.«

Insa holte tief Luft. »Zu uns, Papa. Es ist meine Chefin.«

Das Tock-tock auf den Steinplatten vor dem Haus war unüberhörbar. Annie, eine Etage höher, blickte ebenfalls neugierig aus dem Fenster.

Oha! Das konnte nur diese Linda sein! Jetzt verstand sie Insa und ihre Sorge um die artgerechte Unterbringung. Die war sicherlich ein harter Brocken! Düsseldorfer Nobeltussi. Und plötzlich wollte Annie gar nicht mehr mit in die Landeshauptstadt Nordrhein-Westfalens. Da passte sie eindeutig nicht hin. Das Küstenleben hier war das Richtige.

Ob sie eine kleine Unpässlichkeit vortäuschen sollte? Neben dieser Frau würde sie sich gleich fühlen wie Aschenputtel in Reinkultur.

Sie hastete ins Bad und legte ein wenig Make-up auf, damit sie nicht völlig blass wirkte.

Kritisch betrachtete sie sich danach vor dem großen Garderobenspiegel. Es half nichts. Sie war hochschwanger, hatte ein rundes Gesicht bekommen, auch die Fußgelenke hatten etwas Wasser eingelagert. Sie war einfach dicklich. Und soeben traf eine Femme fatale 2.0 ein!

Schon erklang die Türglocke.

Eigentlich hatte sie vorgehabt, locker nach unten zu gehen. Nun würde sie warten, bis Insa sie rief. Gott nee, warum sahen einige Frauen einfach so unglaublich perfekt aus?

»Linda! Wie schön! Ich hoffe, du hast es gut gefunden.« Insa umarmte ihre Chefin.

»Gar kein Problem! War mit Navi schließlich total easy.« Sie trat ein und sah sich gleich neugierig um. »Toll hier. Das Haus ist genauso, wie du es beschrieben hast.« Sie hielt Insa den Blumenstrauß hin. »Bitteschön, für dich.«

»Wie lieb, danke dir! Geh bitte durch.«

»Wo ist denn Kolumbus?«

»Der ist noch oben bei Annie. Die beiden kommen gleich dazu.«

Linda stutzte. »Ach herrje, das Leckerli für Kolumbus! Ich habe es im Auto. Warte, ich bin sofort zurück!«

In erstaunlicher Geschwindigkeit lief sie zu ihrem Wagen. Erneut ging der Kofferraum auf und zu.

All das beobachtete Jens Jakobsen aus dem Fenster. Da sich diese Modepuppe als Insas Chefin herausstellte, wunderte es ihn nicht, dass seine Tochter in eine andere Welt abgetaucht war. Trotzdem schien Insa noch erstaunlich bodenständig, sah er auf das gestylte Wesen dort auf der Straße.

Da fuhr diese Frau morgens in der Dunkelheit los, als wolle sie ein Shooting machen! Insa hatte ihm erzählt, sie bliebe eine Woche. Ob der Bereich hier oben für sie geeignet war? Das bezweifelte er stark. Sein kleines Cuxhaven und das schöne Drumherum boten zwar für Touristen wunderbare Natur und gesunde Luft, aber die wollte garantiert shoppen gehen!

Solche Frauen kannte er zur Genüge, davon befanden sich immer einige an Bord, egal, wohin die Reise ging. Mit gefüllten Shopping Bags kamen sie von Landgängen zurück. Sie interessierten sich nicht für die Landschaft, die Menschen, sondern lediglich für die Geschäfte, die man während des Aufenthaltes erreichen konnte. Auch die Einkaufsmöglichkeiten an Bord sowie Kosmetik- und Schönheitsangebote wurden von ihnen ständig frequentiert. Und wenn möglich, präsentierte man alles gleich auffällig am Abend.

Seine beiden Mädels hatten sich viel Mühe mit den Muffins gegeben. Er wettete, sie aß keinen Einzigen davon, bei der Figur!

Nun, Insa musste sich ja eine komplette Woche mit ihr abplagen. Seine Tochter wusste sie höchstwahrscheinlich zu nehmen.

Schon war dieser Schuss – zugegeben schaute man als Mann zweimal und auch noch länger hin – wieder im Haus und Insa kam mit ihr herein.

Gar nicht schüchtern kam Linda auf ihn zu und streckte die Hand aus, ihm dabei tief in die Augen sehend.

»Ich sag mal landestypisch Moin, ich bin Linda und arbeite mit Insa zusammen.«

Jens Jakobsen war perplex. Diese Begrüßung hatte er nicht erwartet. Angeberisch war sie nicht. Er wusste schließlich, dass sie Insas Chefin war, stattdessen sprach sie von Zusammenarbeit.

Ihre kleine Hand war zart und weich, die Armreifen klimperten leise.

Er sah in ihre schönen, strahlend blauen Augen, die ihn freundlich anblickten – und hatte sich darin verloren.

♥ 28 ♥

»Papa?«, fragte Insa mit leichter Irritation.

Sofort fing er sich. »Moin und willkommen«, sagte er knapp, aber durchaus herzlich.

Nur da hatte er nicht mit Kommunikationsgenie Linda gerechnet!

Noch während sie seine Hand hielt, begann sie mit Smalltalk. »Lieber Kapitän Jakobsen, ich habe bereits viel von Ihnen gehört.«

Jens warf einen Blick zu seiner Tochter. Die hob nur fragend die Schultern. Er lächelte leicht unsicher, während Linda weitersprach.

»Wissen Sie, Kapitän Jakobsen, ich habe Sie – es ist noch gar nicht lange her – im Fernsehen bewundern können, in einer Doku über diverse Kreuzfahrtschiffe und ihre Angebote samt Blick hinter die Kulissen. Und jetzt sehe ich Sie hier live! Ich freue mich, Sie kennenzulernen. Obwohl es zu einem traurigen Anlass ist.«

Jetzt dämmerte es ihm. Klar, da hatte vor einiger Zeit ein Fernsehteam für eine Reise mit eingecheckt. Es hatte ihm Spaß gemacht, ein bisschen stolz war er zugegeben gewesen, dass man ihn für dieses Interview ausgewählt hatte, aber gesehen hatte er diese Dokumentation nie.

Insa sah ihren Vater eine Spur verlegen, aber er hatte sich sofort im Griff. »Wir wissen es zu schätzen, dass Sie uns auf diesem schweren Weg begleiten. Aber heute wollen wir das Melancholische außen vor lassen. Darf ich Ihnen den Mantel abnehmen, Linda?«

»Oh danke, gern!«

Während ihr Vater den Gentleman gab, spurtete Insa zu Annie hoch.

»Kommt ihr zwei runter, Linda ist da.« Sie warf einen genaueren Blick auf Annie, denn die Schwangere hatte sich ziemlich aufgehübscht. »Gut siehst du aus«, sagte sie ehrlich.

Keine Minute später schoss Kolumbus um die Ecke und auf Linda zu, ehe ihn jemand festhalten konnte. Aber zur Überraschung aller kniete sich Insas Chefin vor den Hund und knuddelte ihn.

»Hallo Kolumbus, wie schön, dich kennenzulernen. Ich bin die Linda. Und ich habe dir etwas mitgebracht.« Sie wandte sich an Insa. »Reichst du mir bitte meinen Shopper rüber?«

Insa fischte die Tasche vom Stuhl. »Bitte.«

»Danke. Schau, Kolumbus, das magst du doch, oder?« Sie zog eine Packung mit Schweineohren hervor.

Schon schnupperte Kolumbus interessiert an dem Paket. Linda lachte auf. »Ich glaube, ich kann ihm jetzt eins geben, oder?«

Insa, ihr Vater und Annie nickten unisono. Und alle drei gingen ihren Gedanken nach.

Erneut war Insa positiv angetan. Sie hatte auch an

Kolumbus gedacht.

Jens war sichtlich überrascht, denn Linda öffnete die Packung und zog ein Schweineohr, wenn auch nur mit Daumen und Zeigefinger, heraus. »Riecht ja streng«, kommentierte sie nüchtern, »aber wenn es ihm schmeckt, ist es wohl okay so.«

Und Annie bewunderte die Düsseldorfer Tussi. Wie nur schaffte sie es, sich so ungezwungen in dem engen Rock und mit diesen Schuhen hinzuknien? Sie stand auch tatsächlich problemlos wieder auf! Tja ...

Kolumbus schob glücklich mit seiner Beute ab auf sein Kissen.

»Annie hat für uns Muffins gebacken. Ich hoffe, du hast ein bisschen Hunger mitgebracht.« Insa machte eine einladende Geste zum Tisch hin.

»Jaaa«, jubelte Linda, »ich habe sie schon aus dem Augenwinkel erspäht. Und die sind hausgebacken? Sie sehen aus wie bei einem Nobelkonditor erstanden!«

Annie rutschte das Lob wie Sahne runter.

Insa sorgte für den Kaffee, den Linda zwar schwarz nahm, aber dann während der netten und gesprächigen Runde den Kapitän überraschte, indem sie gleich drei Muffins aß. Er ertappte sich dabei, dass seine Blicke an ihr hängen blieben. Wie alt mochte sie sein? Er musste Insa unbedingt fragen.

Linda hatte sofort Annies Zuneigung gewonnen, denn sie lobte nicht nur die Muffins »Das Topping ist *der* Knaller, so was von lecker!«, sie fragte freundlich nach dem Baby, dem errechneten Geburtstermin im nächsten Monat, zog daraufhin ein kleines Geschenk hervor und schob es Annie mit einem Lächeln hin. »Es ist nur eine winzige Kleinigkeit«, meinte sie bescheiden.

Mit Anspannung packte Annie auf. Zum Vorschein kam ein mittelblaues Halstuch mit einem applizierten Teddybär-Gesichtchen. Gerührt hielt sie es hoch. »Wie niedlich! Herzlichen Dank. Aber das war doch gar nicht nötig!«

Anderthalb Stunden später wollte Linda dann ins Hotel. Insa machte ihr einen Vorschlag. »Annie und ich lotsen dich hin. Nimm uns einfach mit. Wir laufen zurück.«

»Ist es so nah?« Linda war erstaunt.

»Im Prinzip wenige Fußminuten. Mit mir allerdings ein bisschen länger.« Annie grinste schief.

Im Auto lachte Linda auf. »Dein Vater war ja süß besorgt, Insa. Diese dezenten Hinweise bezüglich meiner Schuhe! Er befürchtet doch tatsächlich, ich laufe morgen in diesen Hacken auf. Ich bin doch nicht lebensmüde! Ich will keinesfalls gleich über Bord gehen, sobald die erste Welle das Schiff erreicht.«

Arne hieß sie freundlich willkommen und trug Lindas Reisekoffer in die Suite. Auch er betrachtete sie länger als gewöhnlich, was Insa innerlich kribbeln ließ.

Die Drei waren gespannt, wie Linda reagierte.

Mitten im Zimmer blieb sie stehen und drehte sich zu allen Seiten. »Oh wow! Das ist ja noch schöner als auf den Fotos! Sie lief zu den Fenstern. »Mit Ausblick auf die Bucht. Ah, da kommt ein Schiff. Oh klasse!« Und im Badezimmer reagierte sie genauso, wie von Insa erwartet. »Ein Whirlpool. Herrlich! Den werde ich exzessiv nutzen.«

»Darf ich die Damen jetzt noch auf einen Willkommensdrink einladen?« Ein fröhliches Augenzwinkern begleitete Arnes Worte.

Auf dem Weg zum kleinen Restaurantbereich klingelte Insas Handy. Es war Martin. Überraschenderweise war er bereits angekommen – und stand vor verschlossener Haustür. Somit war ihr Vater mit Kolumbus unterwegs.

Ein wenig ungehalten hörte sie: »Wo bist du denn?«

Insa hatte nicht vor, sich für etwas zu rechtfertigen. Warum auch. »Du hättest vorher anrufen sollen, wo du bist, dann wäre ich nämlich jetzt da und könnte dich begrüßen«, schnappte sie.

»Ich hatte halt gedacht, du würdest schon auf mich warten.«

Super. Das war Macho-Martin live.

»Entschuldige, ich lebe nebenbei noch! Und nein, ich hüpfe nicht von einem Fenster zum anderen, bis du geruhst zu erscheinen – ohne anzurufen. Warte im Auto, ich komme. In einer halben Stunde bin ich da.«

Das kleine Streitgespräch hatten die anderen mitbekommen.

Als Linda nachfragte, meinte Insa nur: »Eigene Schuld, wozu gibt es Handys?«

Sie verzichtete auch nicht auf den Willkommensdrink, bevor sie sich verabschiedete.

»Warte, ich komme doch mit.« Annie stand auf.

»Soll ich euch fahren?« Linda bot sich sofort an.

Insa lehnte ab. »Das ist lieb, doch nein danke. Wir hatten uns vorgenommen zu laufen und genau das tun wir jetzt auch!«

Sie trafen gleichzeitig mit Insas Vater und Kolumbus ein. Martin saß im Auto und Insa sah, wie er ungeduldig mit den Fingern auf das Lenkrad klopfte.

Als er sie entdeckte, stieg er aus. Lächelnd kam er auf beide zu. Insa bekam einen Kuss auf die Wange und Annie reichte er die Hand. »Hallo, ich bin Martin«, stellte er sich vor. »Und du Annie.« Er warf einen prüfenden Blick auf ihre Körpermitte.

»So ist das!« Sie betrachtete ihn. Eigentlich wirkte er recht sympathisch, wenn sie nicht einiges Unschönes mitbekommen hätte.

»Martin, ich möchte dir meinen Papa vorstellen.« Insa zog ihn über den Bürgersteig rüber zum Vorgarteneingang, wo ihr Vater und Kolumbus auf sie warteten.

Insa machte beide miteinander bekannt. Die Männer sahen sich prüfend in die Augen und schüttelten sich die Hand.

Martin beachtete den Hund nicht. Deshalb streichelte Insa ihn. »Und der an deinem Hosenbein schnüffelt, ist unser Kolumbus.«

Martin trat einen Schritt zurück.

Die Stimme von Insas Vater war frostig geworden. »Mögen Sie keine Hunde?«

♥ 29 ♥

»Ich habe nichts gegen sie, möchte aber keinen haben. Das ist mir doch etwas unhygienisch.«

»Soso«, murmelte Jens Jakobsen und Insa erkannte mit Schrecken, dass Martin bei ihm an Ansehen verloren hatte.

Sie versuchte zu vermitteln. »Ich glaube, Martin muss erst lernen, wie schön es mit einem Hund ist. Er hat noch nie einen gehabt.«

Martin griff den ihm gereichten Strohhalm jedoch nicht, sondern blickte desinteressiert in die Luft.

»Lasst uns reingehen.« Ihr Vater ging zum Hauseingang, ohne ihm als Gast den Vortritt zu lassen.

Auaha! Wenn das kein deutliches Statement war!

Bis zum Abendessen waren sie und Martin allein. Er inspizierte die Wohnung von Großvater fast ein bisschen, als würde er sie erwerben wollen.

»Hier muss noch einiges getan werden«, schlaubergerte er. »Hast du da Vorstellungen? Du wirst sicherlich vermieten, nicht wahr?«

»Wie kommst du denn darauf?«

»Oder du verkaufst das Haus am besten. Ein Klotz

am Bein kann man als junger Mensch schließlich nicht gebrauchen. Von Düsseldorf aus ein Mietshaus zu managen, ist kompliziert. Du bräuchtest einen Verwalter. Übrigens könnte ich dir finanzierungstechnisch unter die Arme greifen, um den Gewinn beim Verkauf bestens anzulegen«, tönte er launig.

»Dass du Banker bist, ist die eine Sache, dass ich irgendetwas verkaufen kann, was mir nicht gehört, ist eine andere!« Insas Ton war harsch.

»Wieso?«

»Mein Vater ist der Erbe. Gerade du solltest das wissen.« Sie ärgerte sich, weil sie die Euronoten in seinen Augen gesehen hatte.

Da musste er dann doch lachen. »Banker können echt gierig sein, nicht?«

Das bei Annie stattfindende Abendessen entwickelte sich entgegen Insas mit der Ankunft von Martin aufgestiegenen Ängsten entspannend. Die Runde fand nette, unverfängliche Gesprächsthemen.

Dazu trug vor allen Dingen Linda bei. Sie berichtete, wie sie und Insa sich kennengelernt hatten. Eigentlich war die Stelle schon besetzt, als Insas Bewerbung eintrudelte. Trotzdem hatte Linda sie mit Interesse gelesen und zwei Tage auf ihrem Schreibtisch liegen lassen. Das war letztendlich Insas Glück, denn die neue Stelleninhaberin sprang doch noch ab, weil sie sich woanders größere Aufstiegschancen erhoffte.

»Ja, und dann habe ich Insa Jakobsen eingeladen.« Linda blinzelte zu ihr hinüber.

»Dabei konnte ich keine Berufserfahrung vorweisen«, ergänzte Insa, »obwohl das als Voraussetzung in der Stellenbeschreibung angegeben war.«

»Ach«, winkte ihre Chefin ab, »Ausschreibungen sind geduldig. Manchmal muss man halt höhere Anforderungen reinschreiben, das verschreckt einige. Und das ist gut so.«

»Nun, die Chemie untereinander muss schließlich ebenfalls stimmen«, warf Jens Jakobsen ein.

»Genau. Und ich mochte Insas Küstendialekt, der durchblitzte. Und jetzt mag ich ihre klare, strukturierte Art, mit wenigen Worten alles zu sagen.«

»Das ist eher eine norddeutsche Eigenschaft als eine persönliche«, schmunzelte Insa.

»Welche Bereiche decken Sie denn mit Ihrer Medienagentur genau ab?«, fragte Insas Vater interessiert. Damit hatte er bei Linda in ein Wespennest gestochen. Ganz die gewiefte Werbelady, gab sie einen spannenden und umfassenden Einblick. Die Runde lauschte aufmerksam. Sogar für Insa war noch einiges neu.

»Das hört sich jetzt alles easy an, war es aber nicht, möchte ich dazusetzen. Mein Anfang war durchaus holprig. Ich kam frisch aus dem Studium, hatte natürlich eine rosarote Brille auf, was Werbung und Medien betraf. Ich weiß nicht, ob ich den Weg mit der sofortigen Selbstständigkeit gegangen wäre, hätte ich gewusst, wie steinig und tricky er sich für mich entwickeln sollte. Es war echt hart zu Beginn. Der Kredit lief, ich hatte aber keine Kunden, habe Klinken geputzt und oft abends geheult. Nebenbei schrie der Kühlschrank ebenfalls, denn es war streckenweise nicht viel drin.«

Das alles hatte Insa nicht gewusst. Sie kannte nur die erfolgreiche Karrierefrau. »Deshalb hast du mir direkt nach dem Studium die Chance gegeben?«

»Das auch. In erster Linie mochte ich dich aber auf Anhieb. Und Sie, Kapitän Jakobsen«, Linda drehte sich zu ihm, »haben höchstwahrscheinlich als Matrose angefangen, oder habe ich da eine vollends naive Vorstellung?«

»Sie haben sich als Linda vorgestellt, dann bin ich der Jens. Gern mit Du.« Er lächelte sie an und sie strahlte zurück. »Das nehme ich mit Freude an.«

»Man wird logischerweise nicht als Kapitän geboren. Unsere Familie ...« Und selbst Insa, die ihre Familiengeschichte bestens kannte, lauschte konzentriert ihrem Vater, als er berichtete.

Und plötzlich ging es reihum. Annie erzählte von ihrem Job als Schulsekretärin, den sie sehr mochte und sogar Martin schilderte seinen Werdegang. »Meine Eltern wollten mich partout in einer Bank sehen. Da ich ehrlich gesagt keinen Plan hatte, was ich sonst beruflich beginnen könnte, habe ich mich da reinpressen lassen. Am Anfang hätte ich am liebsten hingeschmissen, aber nach ein bisschen Eingewöhnungszeit fing es allmählich an, mir Spaß zu machen. Kredite, Geldanlagen, Börse, das sind äußerst spannende Arbeitsgebiete. Und so bin ich, wenn auch mit einer gehörigen Portion Glück, an der richtigen Stelle gelandet.«

Insa staunte. Derart offen war er zu ihr noch nie gewesen!

Ein wenig später gesellte sich Björn dazu. Da wechselten die Themen von beruflich auf privat. Das Baby rückte in den Vordergrund. Kolumbus, der bisher auf seinem Kissen in der Ecke gedöst hatte, stand auf und platzierte sich zwischen Björn und Annie.

»Du Herzchen«, Annie streichelte ihn. »Ist er

nicht ein süßer Schatz? Ich denke, er wird gut auf den Kleinen aufpassen.«

In Insa regte sich ein Funken Eifersucht, denn sie stellte fest, dass sie Kolumbus ebenfalls liebte. Er blieb bei Annie, das tat ihr durchaus ein bisschen weh, obwohl es natürlich die beste Lösung war. Eine andere war sowieso nicht in Sicht!

Und was sagte ihr Martin? »Ist das nicht gefährlich, ein Hund und ein Baby?«

Dieser Satz löste eine angeregte Diskussion aus, in der bis auf Martin alle einer Meinung waren: Babys und Haustiere – besser können Kinder nicht aufwachsen.

Als man sich später verabschiedete, war die Stimmung ruhig geworden und eher ein bisschen gedrückt, denn der kommende Tag warf seine traurigen Schatten voraus.

Da Insa das Schlafzimmer ihres Großvaters immer noch mied, hatte Annie über Arne eine aufblasbare Matratze besorgt, auf der Martin und sie schliefen.

Insa brauchte Nähe und kuschelte sich in Martins Arm. Morgen wurde ihr Großvater dem Meer übergeben. Es galt, die schlimmen Stunden der Seebestattung hinter sich zu bringen. Danach war hoffentlich etwas von dem inneren Druck verschwunden.

Außerdem war sie gespannt, wie Martin ihre Heimat aufnahm, wenn sie ihm diese als Reiseführerin in den nächsten zwei Tagen nahebringen würde.

Sie hatte extra eine private Wattführung organisiert, um ihm das Wunder des Wattenmeeres zu vermitteln.

Am Morgen waren sie zeitig wach.

Martin stöhnte, ihm tat der Rücken weh. »Himmel,

diese Luftmatratze! Wie alt ist das Teil eigentlich? Ich fühl mich wie durch den Wolf gedreht.«

Es war wieder einer von Martins typischen Kommentaren. Erst einmal meckern, anstatt froh zu sein, dass sich überhaupt jemand um sein Nachtlager gekümmert hatte!

»Lass heißes Wasser drüberlaufen«, war Insas ungerührte Antwort.

Die Dusche hatte sie bereits hinter sich. Der Kaffee war durchgelaufen und Insa brachte ihm eine Tasse ins Bad. »Das weckt deine Lebensgeister.« Sie selbst schaffte nur ein paar Schlucke, sie hatte das Gefühl, als hielte ihr jemand den Mageneingang mit Kraft zu.

Während sie auf Martin wartete, sah sie ihren Vater mit Kolumbus von der Morgenrunde kommen. Sie lief hinaus, auch um ein bisschen frische Luft zu schnappen.

»Sieh den Himmel, Insa. Es ist zwar kühl, aber wir bekommen einen guten Tag.« Insas Vater küsste sie auf die Wange, während Kolumbus um eine Streicheleinheit bettelte, die er natürlich bekam. »Moin Großer, war der Morgenausflug schön?« Sie kraulte seine Öhrchen.

»Ich füttere ihn noch, dann ist es Zeit.« Er warf einen Blick auf seine Armbanduhr.

»Was bringst du denn für eine Kälte mit rein?«, maulte Martin, der aus dem Bad kam.

»Bei zehn Grad Außentemperatur kann ich naturgemäß keine Wärme reinschleppen. Aber es wird ein relativ windstiller, trockener Tag. Und außerdem, vielleicht bin ich ein verkappter Zombie, du hast das nicht geschnallt und heute Nacht fresse ich dich auf.« Sie machte Schmatzgeräusche.

»Na, guten Appetit! Ich weiß aber nicht, ob ich dir schmecke.«

»Mit ein bisschen Delikatess-Senf bist auch du genießbar«, scherzte Insa, um überraschend festzustellen: »Du hast dich ja noch gar nicht angezogen. Beeil dich bitte, wir müssen gleich los.«

»Ich komme nicht mit, Insa.«

♥ 30 ♥

Vom Donner gerührt fixierte Insa ihn ungläubig. »Wie, du kommst nicht mit?«

»Eine Bestattung, das ist nichts für mich. Und dann auf einem Schiff, ich war noch nie auf einem. Ich werde seekrank.«

»Aber Martin«, warf Insa verdattert ein, »eine Bestattung ist für niemanden etwas Schönes. Es geht darum, einem Menschen die letzte Ehre zu erweisen, ein letztes Geleit zu geben. Man kann doch nichts anderes mehr tun!«

»Das weiß ich alles, aber ich kannte deinen Großvater gar nicht.«

»Du – kennst – mich!« Insa stemmte die Hände in die Hüften. »Und seekrank lasse ich nicht gelten. Dafür gibt es Tabletten. Wir springen noch flink in die Apotheke, folglich ist das Problem vom Tisch.«

»Ich komme, aber ich warte im Café auf euch. Da bin ich mit dabei. Du musst mir nur sagen, wie ich dahin finde.«

»Das ist nicht dein Ernst, oder?« Insa hatte die winzige Hoffnung, dass er so etwas – an diesem heutigen Tage völlig Deplatziertes – sagte wie

Scherz, aber vergeblich.

»Also, wie heißt das Café und wie komme ich dahin?«

Insa drehte sich von ihm weg, zog ihre warme Jacke über, wickelte sich den Schal um den Hals, schnappte sich Mütze und Tasche und ging wortlos aus der Wohnung, die Tür hinter sich zuknallend. In ihr brodelte es.

Vor dem Haus warteten bereits ihr Vater und Kolumbus sowie Annie und Björn, alle warm eingepackt. Arne kam mit eiligen Schritten dazu. »Moin zusammen. Da hat Henrik einen guten Tag erwischt. Es regnet und stürmt nicht.«

Irritiert blickte Annie zur Tür. »Wo ist denn Martin?«

»Der Herr kommt nicht mit. Ihm könnte unpässlich werden auf dem Schiff. Das traut er sich nicht zu.« Insa kniff den Mund zusammen, und Tränen sammelten sich in ihren Augen, die sie tapfer wegzublinzeln versuchte. »Lasst uns fahren.«

Sie glaubte, Arne leise »Vollarsch« murmeln zu hören.

Am Fährhafen warteten bereits einige der Gäste.

Linda bot die größte Überraschung. Sie trug Sneakers – und war somit noch kleiner als gewohnt. Tante Becky stand neben ihr, genauso wie die zwei rüstigen Damen und Freunde ihrer Großeltern, Rose und Rabea Behrens aus dem Alten Land. Insa wusste, sie waren mindestens Mitte achtzig, aber sie standen wie Zinnsoldaten. Beide trugen das Haar zu einem Knoten geschlungen. Besonders interessant war der Kontrast von den weißen Haaren zu den fast schwarzen Augen, die – genau wie früher – munter und interessiert schauten. Insa erkannte zudem einige Nachbarn.

Alle wurden pflichtbewusst begrüßt.

Das weitere Geschehen lief wie ein böser Traum bei Insa ab.

Bei ruhigem Wellengang nahm das Schiff Kurs aufs offene Meer und zum Beisetzungsgebiet.

Man versammelte sich am Achterdeck, wo die Urne stand. Gemäß altem Seemannsbrauch hielt der Kapitän eine Rede, von der sie nichts mitbekam.

Ihre Tränen strömten unerschöpflich, wiederholt schluchzte sie leise auf, die Endgültigkeit begreifend. Sie weinte um ihren Großvater, weinte um ihre leichtfertig vertane Chance, ihn noch einmal lebend zu sehen, letzte Worte mit ihm wechseln zu können. Ihr Vater hatte sie im Arm.

Die Urne wurde an einem Tampen, einem dicken Tau, ins Meer gelassen. Kolumbus schien den Abschied ebenfalls zu verspüren, er jaulte kläglich auf.

Das Schiff drehte noch eine Runde. Insa heftete den Blick aufs Wasser, verlor den Punkt nicht aus den Augen, wo die Urne der See übergeben worden war, hörte dreimal die Schiffsglocke und wusste, dass es *gute Reise* bedeutete.

Nun war Gelegenheit für die Gäste, einzelne Blumen als Begleitung dem Meer zu überlassen.

Die Wolkendecke war in der Zwischenzeit aufgerissen. Genau in dem Augenblick, als Insa ihre langstielige Rose in die See warf, glitt der erste Frühlingssonnenstrahl des Tages über das Wasser. Und die Wellen, welche die schwimmende Rose erreichten, glitzerten.

Das Schiff nahm wieder Kurs Richtung Heimathafen. Insa blieb auf dem Achterdeck stehen, während sich die Trauergäste in den Fahrgastraum begaben, wo für eine gute Bewirtung gesorgt war.

Sie wusste nicht, wie lange sie dort gestanden und aufs Meer geschaut hatte. Plötzlich war Linda neben ihr und legte den Arm um ihre Schulter.

»Komm mit runter, Insa, es ist ziemlich kalt hier. Dein Großvater möchte mit Sicherheit nicht, dass du dir an diesem Tag noch was fängst.«

Insa ließ sich widerstandslos in den Fahrgastraum führen.

Dort nahm sie an einem Tisch Platz, an dem neben Linda auch Tante Becky und Rose und Rabea Behrens saßen.

Sehr einfühlsam sprachen die alten Damen über ihren Großvater. Das war wie Balsam für Insas trauernde Seele. Sie war überrascht, wie eng die Freundschaft nach dem Tod ihrer Großmutter noch gewesen war. Sie hatte sich nie dafür interessiert.

Rose, die neben Insa saß, legte ihre alte, kleine Hand auf ihre. »Liebes, irgendetwas bedrückt dich doch. Magst du es erzählen?« Ihre dunklen Augen sahen sie liebevoll an.

»Ach, eigentlich nicht wichtig«, winkte Insa ab.

»Aber uneigentlich?« Da nun auch Rabea aufmerksam geworden war und Linda in ein intensives Gespräch mit Tante Becky über die stark unterschiedlichen Immobilienpreise in Nordrhein-Westfalen und Niedersachsen vertieft war, begann Insa ganz zögerlich zu erzählen – von ihrem Wunsch, der Küstenlandschaft zu entfliehen, ihrem Studium, dem schmerzhaften Tod von Mutter und Oma, ihrer Festanstellung in Düsseldorf und letztendlich auch über ihren größten Kummer. »Ich bin einfach nicht mehr hergefahren, weil mir alles andere wichtiger war.«

»Wenn man jung ist«, versuchte Rabea sie zu beruhigen, »sieht man die Dinge eben anders. Man setzt Prioritäten. Und das ist gut so. Wären die Jungen und die Alten gleich, hätten wir Stillstand. Nichts würde sich verändern. So traut sich die Jugend mehr zu, geht mutig an viele Dinge heran, während die älteren Semester ein Problem zuerst von allen Seiten betrachten. Werfen beide ihre Arbeitsweisen und Erfahrungen zusammen, nimmt jeder von dem anderen etwas mit und das Ergebnis lässt sich meist sehen.«

»Das verstehe ich, nur habe ich einen schrecklichen Fehler gemacht.« Schon kullerten die Tränen wieder. Aber Insa erzählte ungeschönt von dem Abend ihrer verspäteten Ankunft. Sie konnte es nicht mehr mit sich allein ausmachen. Es musste raus.

Rose umfasste ihre Hand. »Kind, dazu möchte ich dir etwas sagen. Hast du den Sonnenstrahl gesehen, der vorhin über das Meer glänzte, als du dein Blümchen ins Wasser geworfen hast?«

»Ja, hab ich«, schniefte Insa.

»Das war ein Zeichen von deinem Großvater. Der Sonnenstrahl sollte dir sagen, wie lieb er dich hat.«

Insa sah Rose sprachlos und mit einem Funken Hoffnung an. Sie holte nur tief Luft und konnte richtig durchatmen, das erste Mal seit Opas Tod.

»Glaub mir, Kind, dein Großvater hat dich verstanden. Er war doch auch einmal jung. Und dazu sage ich dir noch etwas.«

»Ja?«

»Er hat mir in einem Telefonat gesagt, wenn sie – und damit hat er dich gemeint, mein Kind – genug hat von der vermeintlich großen weiten Welt, kommt sie sowieso zurück. Und dann weiß sie, wo sie hingehört.«

Insa gab Rose einen Kuss auf die Wange. »Danke! Das hilft mir sehr.«

In diesem Moment kam ihr Vater auf den Tisch zu. »Ich sehe, ihr unterhaltet euch gut.«

»Das tun wir und der Kuchen ist ausgezeichnet«, lenkte Rose vom vorherigen vertraulichen Gespräch ab, wofür Insa ihr dankbar war.

»Was versteckst du denn da hinter deinem Rücken, mein Junge?« Rabea machte den Hals lang.

Jetzt wurde auch ihre Schwester neugierig. »Was verbirgst du vor uns, Jens?«

♥ 31 ♥

Auch Insa sah ihren Vater interessiert an

Langsam zog er eine Flasche Eierlikör hervor.

»Oh nein! Jens, du Guter!«, frohlockte Rabea und Rose schloss sich an. »Dass du daran gedacht hast!«

»Ich hole Gläschen und wir trinken gemeinsam einen auf Henrik.« Schon war er unterwegs.

»Du musst wissen«, wandte sich Rose an Insa, »deine Großeltern und wir, wir lieben Eierlikör. Das war von Anfang an so.«

Insa dachte an die obligatorische Flasche Eierlikör, die immer bei ihren Großeltern im Kühlschrank gestanden hatte.

»Vor vielen Jahren«, setzte Rabea die Erklärungen ihrer Schwester fort, »hat uns deine Omi für drei Tage besucht. Wir haben uns dann in einen Eierlikörrausch begeben.« Sie kicherte.

Ihre Schwester protestierte sofort. »Du übertreibst schamlos, Rabea, wir haben ihn genossen.«

»Rose, sei doch bitte offen und ehrlich zu dem Kind! Wir waren voll wie die Strandhaubitzen!«

Insa sah von einer Seniorin zur anderen. Die Augen sprühten Funken, denn ihr Vater, der zwischenzeitlich zurückgekehrt war, goss die hellgelbe Flüssigkeit in kleine Gläschen.

»Ich bitte dich, Rabea«, Rose ließ den Blick nicht von den sich füllenden Gläsern. »Insa muss denken, wir wären volltrunken gewesen.«

»Waren wir doch auch«, konterte Rabea.

»Meine Schwester erzählt was vom Klabautermann! Sie hat ein schlechtes Gedächtnis. Wir waren nur gut angeheitert, weil wir Forschung betrieben haben.«

»Fast drei Tage.«

»Wir sind *keine* Alkoholiker, Insa.«

»Aber wir waren drei Tage unter Strom.« Rabea war in ihrem Element. »Weißt du, wir haben mit Eierlikör experimentiert. Eierlikör pur, Eierlikörkuchen, im Kaffee mit Sahnehaube, auf Eis. Man konnte uns zu Recht als Expertinnen der feinen Eierlikörküche bezeichnen.«

Insas Vater schob jedem von der Tischrunde ein Gläschen zu. »Nicht lang schnacken, Kopp in Nacken. Auf Henrik!«

»Jens, wie wahr!« Rabea hob ihr Glas an. »Trinken wir heute auf unseren lieben Freund Henrik.«

»Und auf einen wunderbaren Vater«, setzte Jens Jakobsen hinzu.

»Er war ein toller Opa.« Insa traten erneut Tränen in die Augen.

Die Tischgemeinschaft prostete sich gegenseitig zu. Insa betrachtete den gelben Likör. Probiert hatte sie ihn bisher nie. Vorsichtig setzte sie das Glas an die Lippen und nippte.

»Schmeckt«, urteilte sie prompt.

»Sagen wir doch, Kindchen, sagen wir doch! Wir haben immer gewusst, was gut ist. Deine Großeltern übrigens auch.«

Es gab eine zweite Runde. Der Alkohol tat bei Insa seine Wirkung, denn sie hatte am Morgen nichts essen können. Bei ihr brachen alle Dämme und sie erzählte den beiden alten Damen von Martin.

»Das ist aber gar nicht nett«, kommentierte Rose Martins Verhalten.

»Gar nicht nett?« Rabea war in ihrem Element. »Das ist völlig respektlos.« Sie sah Insa tief in die Augen. »Wenn er schon im Winde nicht zu und bei dir steht, wie ist es erst im Sturm?«

Dieser Satz erschreckte Insa, denn er war zukunftsweisend. Verlegen schaute sie auf den Tisch, wo ihr leeres Gläschen stand.

Da tippte ihr Rabea auf die Schulter. »Du hast ihn bisher nicht geheiratet, das lässt hoffen. Und weißt du, was man mit einem ausgetrunkenen Eierlikörglas macht?«

Insa schaute sie verständnislos an. »Nein.«

»Man schleckt es aus.« Und ehe sie sich versah, hatte die alte Dame es vorgemacht.

»Aber doch nicht in der Öffentlichkeit! Rabea!« Rose schlug beschämt die Hände an die Wangen.

»Schwester! Wir haben dem jungen Mädchen erklärt, auf welch verschiedene Arten man Eierlikör genießen kann. Und dann sollen wir ihr das Beste vorenthalten? Das wäre doch gemein von uns!«

Insa blieb während der gesamten Rückfahrt bei den Seniorinnen sitzen. Sie konnten mitreißend erzählen und sie erfuhr noch einiges aus den frühen Jahren ihrer Großeltern, aber ebenso über die beiden Schwestern, die mit ihren vier alten Beinen fest im Leben standen. Sie wohnten gemeinsam in einem

Haus, hatten ein Nebengebäude an eine junge Frau vermietet und engagierten sich in der Kirchengemeinde.

Nebenbei verschwand bei Insa der dritte Eierlikör. Sie fühlte sich innerlich gestärkt, jedoch ziemlich wackelig auf den Beinen, als sie in den Hafen einliefen und sie aufstand.

Linda ging es genauso. »Hat der Eierlikör bei dir auch heftig zugeschlagen?«, flüsterte sie ihr zu. »Ich war die gesamte Fahrt nicht seekrank, aber jetzt ...«

Insa griente. »Der ist gut, nicht? Ich kaufe morgen gleich eine Buddel davon.«

Linda geriet leicht ins Stolpern – wurde jedoch von starken Armen aufgefangen. »Oh danke!«, hauchte sie und sah in die blauen Augen von Jens Jakobsen.

»Hoppala«, meinte er amüsiert. »Trinkfest ist anders.«

»Zur Seemannsbraut fehlt mir wohl noch einiges«, kokettierte Linda.

»Das kann man lernen. Am besten von einem Kapitän. Ich kenn da einen.« Er hielt sie weiterhin fest.

Annie und Björn kamen dazu. Insa wurde von Annie umarmt. »Nun kann Henriks Seele fliegen, so hat er sich das gewünscht«, sagte sie tröstend zu ihr.

»Ich weiß, aber es ist unendlich schwer.«

»Das ist das Zeichen und der Preis für Liebe, Insa. Wenn es nicht schmerzen würde, hättest du nie geliebt.«

Insa drückte Annie. Antworten konnte sie darauf nicht.

»Das Baby bekommt heute viele Gefühle mit«, Annie legte die Hand auf ihren Bauch, »aber das ist ja nicht verkehrt.«

»Schade, dass Großvater ihn nicht kennenlernt«, bedauerte Insa leise.

»Keiner ist darüber trauriger als ich.« Annies Augen drückten aufrichtigen Schmerz aus. »Er hatte sich tatsächlich auf den Lütten gefreut. Ehrlich gesagt, ich bin jetzt einfach fertig. Ich möchte mich daheim ein bisschen hinlegen. Es ist zum Ende einer Schwangerschaft hin doch ziemlich anstrengend. Hätte mir das früher jemand erzählt, ich hätte es als Übertreibung abgetan.«

Björn küsste sie auf die Wange.

Der Platz im Hafen war erreicht und das Schiff legte an.

Einige Trauergäste verabschiedeten sich bereits an Bord von Insa und ihrem Vater, wobei noch ein paar nette und tröstende Worte gewechselt wurden.

Insas Blick fiel auf eine Person, die am Anleger wartete. Es war Martin.

♥ 32 ♥

Insas Herzschlag setzte für einen Moment aus. Was empfand sie? Sie wusste es nicht.

Martin hatte die Hände in den Hosentaschen vergraben, den Kragen der Übergangsjacke hochgeschlagen. Man sah, dass er fror. Eigene Dummheit, dachte sie, eine warme Jacke und Mütze sind an der See bei zehn Grad und Ostwind Pflicht.

»Ist er das?« Diese Frage stellte ihr Arne, der fast lautlos hinter sie getreten war.

»Noch«, antwortete sie trocken.

Sie ging von Bord. Martin kam auf sie zu und nahm sie in den Arm. »War es schlimm?«

»Wie das so ist.« Insa knurrte das mehr, als dass sie es sagte.

Mit durchaus passenden Worten kondolierte Martin ihrem Vater und gab allen anderen Anwesenden respektvoll die Hand.

Man verhielt sich höflich ihm gegenüber, aber Insa spürte den Unmut, der sich bei den Eingeweihten aufgebaut hatte.

»Fahrt ihr mit dem Auto«, meinte Insa zu Annie, »ich werde den Rückweg mit Martin laufen.« Ihrem

Vater nahm sie Kolumbus ab. »Die Bewegung wird ihm guttun.« Martin schaute nun etwas sparsam.

Insa bedankte sich bei den noch am Hafen stehenden Gästen. Zum Schluss war sie bei Rose und Rabea Behrens angelangt. »Gute Fahrt zurück ins Alte Land«, wünschte sie ihnen.

»Komm doch bei uns vorbei«, wurde sie von den beiden eingeladen. »Wenn die Kirsch- und Apfelbäume blühen, ist bei uns eine wunderschöne Atmosphäre.«

»Danke. Ich bringe Annie mit. Sie will gerne mal ins Alte Land.«

»Ihr seid uns von Herzen willkommen.«

»Wir kommen mit Baby.«

»Wie wundervoll! Das wird uns alte Schachteln einen neuen Kick geben.« Rose und Rabea kicherten.

Insa umarmte beide liebevoll.

Die alten Ladys gaben ihr einen Satz mit, der sich bei Insa festbiss und den sie niemals mehr vergessen sollte. Rabea nahm zum Abschied ihre Hand und sah ihr tief in die Augen.

»Und am Abend ist alles, was bleibt und zählt, die Familie.«

Der heutige Tag hatte Insa einiges gelehrt. Nachdenklich lief sie neben Martin her. Sie hatte den Weg über den Seedeich gewählt, wohl wissend, dass er hier wesentlich mehr fror, als wenn sie die Straße entlang gelaufen wären. Ihr war es egal. Sie brauchte noch einmal den Blick auf das Meer.
Irgendwo da draußen war ihr geliebter Großvater. An einem Ort, wo der Sonnenstrahl die sich kräuselnde Wasseroberfläche getroffen hatte.

Dort schwamm ihre Rose für ihn.

»Hattest du nicht damals gesagt, es würde ein Kaffeetrinken in einem Restaurant am Hafen stattfinden?« Martin war irritiert.

»Das war erst angedacht. Aber wir haben umdisponiert. Ungefähr zweieinhalb Stunden auf See und warten müssen, bis man wieder an Land ist ... nein, das wollten wir unseren Gästen nicht zumuten. Wir haben auf dem Schiff Kaffee getrunken und Kuchen gegessen. Das war genau richtig für die Trauergesellschaft.«

Es war natürlich nicht nett von ihr gewesen, heute früh das Haus zu verlassen, ohne ihn davon in Kenntnis zu setzen. Auf der anderen Seite hatte er sie auch erst am heutigen Morgen informiert, dass er nicht zur Seebestattung mit an Bord gehen würde.

Das ist der gerechte Ausgleich, hörte sie ihren Großvater sagen. Sie lächelte in sich hinein.

Am alten Kapitänshaus angekommen, wollten sie soeben in die Wohnung gehen, als Arne oben an Annies Tür erschien. »Wir sollten es Jens mitteilen.«

»Ja, machen wir.« Insa sah Annie nicht, aber sie hörte ihre klare Stimme.

Da war es wieder! Das Einzige, was sie zurückhielt, Annie zu einhundert Prozent zu vertrauen, war dieses Geheimnis der beiden Geschwister.

Den Rest des Abends verbrachten Martin und sie vor dem Fernseher.

Der kommende Tag präsentierte sich trocken. Sie fuhr mit ihm ins Cuxhavener Zentrum, zeigte ihm Schloss Ritzebüttel und gemeinsam schlenderten sie durch die Fußgängerzone. Aber Martin hatte an allem was zu moppern. Das Schloss war zu klein, der Fußgängerbereich zu kurz, die Geschäfte nicht hipp genug.

»Hier ist nicht Düsseldorf. Dafür bist du in wenigen Minuten am Meer und bekommst salzige, gesunde Seeluft um die Nase geweht. Das ist Erholung pur.«

»Wer es mag ...«

Insa ärgerte sich und ließ seine Hand los. Ein paar Minuten liefen sie stumm nebeneinander her, sie blieb bewusst an dem einen oder anderen Schaufenster stehen.

»Es lebt sich hier ruhig«, setzte sie an.

»Du meinst, es ist langweilig.«

»Nein. Das meine ich nicht! Für morgen habe ich eine Wattwanderung gebucht. Du wirst begeistert sein. Das Watt ist Weltkulturerbe und bietet einer Vielzahl von Tieren Unterkunft und Nahrung. Eine ureigene, fantastische Welt.«

»Da bin ich ja gespannt.«

Sie kamen gerade zurück, als ihr Vater das Haus verließ.

»Wo geht‘s hin, Papa?« Sie gab ihm einen Kuss auf die Wange.

»Ich hole Linda ab und werde mit ihr rüber nach Duhnen fahren. Sie wollte den Sandstrand sehen und einmal mit nackten Füßen im Meer stehen.«

Insa lachte auf. »Das sorgt an einem Tag mit zehn Grad für maximale Durchblutung. Grüß sie schön und sag ihr, ich rufe sie morgen an. Wir wollten noch etwas gemeinsam machen.«

»Da ihr nur zwei Tage für euch habt, kümmere du dich ruhig um Martin. Linda ist bei mir gut aufgehoben.« Und schwupp, war er weg.

Insa blieb bewegungslos stehen. Linda und ihr Vater? Das ging gar nicht! Sie war eine typische Düsseldorferin. Aber das würde Papa eh merken. Er hatte nun Umgang mit einem Luxusweibchen, eine Herausforderung für ihn. Auf der anderen Seite wusste er sie sicherlich zu nehmen, denn er kannte diese Sorte Frauen zweifellos von seinem Schiff.

»Wir hätten doch noch einen Kaffee in der Fußgängerzone trinken sollen.« Martin war recht kleinlaut geworden.

»Laufen wir zur Grimmershörnbucht rüber. Da gibt es einige nette Möglichkeiten, gut zu sitzen.«

»Können wir nicht mit dem Auto fahren?«

»Die paar Meter? Nö.«

Der Blick auf die Bucht und die vorbeiziehenden Pötte gefiel Martin dann doch.

»Heftig, wie viele Schiffe es sind«, staunte er.

»Weltschifffahrtsweg eben.« Sie zeigte mit dem Finger auf einen Containerriesen. »Der wird seine Fracht im Hamburger Hafen löschen, der andere, der von dort kommt, fährt in die Nordsee. Oft frage ich mich, wohin sie unterwegs sind.«

»So ein riesiges Schiff hat auch jede Menge Leute an Bord.«

»Da irrst du, Martin. Die großen Containerschiffe kommen mit nur wenigen Mann Besatzung aus. Die Technik hat die Überhand gewonnen.«

»Hier gibt es gar keinen Sandstrand.«

»Nein, auf dieser Seite nicht. Aber das Grün ist doch toll und im Sommer stehen hier viele Strandkörbe. Wenn du Sand willst, läufst du ein paar Minuten Richtung Kugelbake und da hast du dann den gewünschten Sandstrand. Morgen erlebst du eine Wattwanderung. Ich habe übrigens einen Führer für uns gebucht.«

Sie fanden einen Platz in einem netten Restaurant. Martin wollte Fisch essen und bestellte sich Fischfilet. Was passierte? Er fand in den beiden Filetstücken ein einziges winziges Grätchen!

»Das ist vielleicht ein Scheiß mit den Gräten! Warum müssen Fische Gräten haben?«

»Wenn der Fisch keine haben wollte, wäre er Mettwurst geworden«, war Insas lakonischer Kommentar.

Das fand Martin witzig und beide lachten.

Insa war gerade wieder ein wenig fröhlich und ihm zugeneigter, als er ihre Stimmung mit einem Satz zerstörte.

»Eigentlich will ich gar nicht in diesen ekeligen Matsch.«

♥ 33 ♥

»Das ist kein ekeliger Matsch, Watt ist das Lebensgebiet von abertausenden Kleintieren. Für viele Vögel ist es Nahrungsquelle. Außerdem ist es gesund, im Watt zu waten.« Unwillig stand Insa auf. »Gehen wir. Ich zahle vorne.«

»Ach komm, sei nicht eingeschnappt«, Martin nahm sie um die Schulter, als sie zurückkam, »so habe ich das nicht gemeint.«

»Du hast in den letzten Wochen viel *nicht so gemeint.*«

Sie wollte ihren Ärger gar nicht erst verdrängen. Der Weg zurück verlief daher ziemlich wortkarg, die folgenden Stunden waren durchaus von Anspannung geprägt.

Am frühen Abend hörte sie ihren Vater nach Hause kommen. Sie wollte die Gelegenheit nutzen, mit ihm zu sprechen.

»Entschuldige mich, ich gehe kurz zu meinem Papa hoch.«

Sie sah ihrem Freund seine Irritation an, nicht mitkommen zu dürfen. Aber das konnte sie jetzt

problemlos ignorieren.
Ihr Vater öffnete seine Tür, noch bevor sie oben angekommen war. »Hab dich schon im Flur gehört.«

»Hast du eine Minute für mich, Papa?«

»Natürlich, mein Herz.«

Tief luftholend, gestand sie ihm: »Ich hatte noch keine Gelegenheit, mit dir darüber zu sprechen, aber glaube mir, ich habe nicht gewusst, dass Martin nicht mitkommt zur Bestattung. Er hat es mir erst unmittelbar vorher gesagt.«

»Hab ich mir schon gedacht.«

»Er bleibt auch nicht, wie ausgemacht, eine Woche, er fährt übermorgen wieder.«

»Bist du traurig darüber?« Er sah seine Tochter forschend an.

»Ehrlich gesagt, nein. Ich muss meine Gefühle neu ordnen. Es hat sich viel verändert zwischen uns. Den morgigen Tag bekomme ich rum. Wir machen eine Wattwanderung, allerdings nur eine kleine, also ungefähr eine Stunde. Das reicht für Martin.« Sie sagte ihrem Vater nichts von seiner abwertenden Bemerkung.

»Du hast einen Führer? Es ist ja noch früh in der Jahreszeit.«

»Ich habe Pitt gefragt, der macht das für uns.« Pitt Hansen war ein Schulfreund von Insa. Bereits sein Vater war Wattführer gewesen.

»Das wäre doch die optimale Gelegenheit für Linda, das Watt ebenfalls kennenzulernen. Ich glaube nicht, dass sie einen derartigen Ausflug kennt. Würdest du uns beide mitnehmen?«

Insas Augen leuchteten auf. »Gern.« Doch dann zweifelte sie. »Ich bin mir nicht sicher, ob das was für Linda ist.«

»Ich rufe sie an. Wann geht es denn wo los?« Er holte sein Handy und Insa war verdutzt. Er hatte bereits ihre Handynummer!

Seine Stimme war anders als üblich. Weicher, melodischer. Ach Papa, verliebe dich bloß nicht in ein Stadtkind mit Hang zum Luxusleben!

»Sie kommt mit.«

»Gut, ich melde zwei Personen mehr.«

»Und einen Hund.«

Insa telefonierte noch im Beisein ihres Vaters. »Bis morgen, Papa. Du kannst den Rest des Abends aber auch gerne mit uns verbringen, wenn du möchtest.«

»Nein, nein. Ich bin bereits verabredet. Ich treffe mich gleich mit Annie und Arne. Sie wollen mit mir sprechen.«

Mit einem mulmigen Gefühl lief Insa an Annies Wohnungstür vorbei die Treppen hinunter. Heute würde ihr Vater also das Geheimnis der beiden erfahren. Hoffentlich war es nichts Übles für ihn!

Ein anderes, trauriges Gefühl überkam sie. Kolumbus blieb heute Nacht natürlich bei ihrem Vater, weil Martin ein bisschen gezickt hatte. »Ich kann nicht schlafen, wenn ein Hund im Raum ist.«

Das bedeutete wieder zwei Tage weniger mit ihrem felligen Freund.

Sie trafen sich am vereinbarten Ausgangspunkt. Man sah Kolumbus die freudige Erwartung an. Seine Rute wedelte hin und her. Er ging von einem zum anderen und erntete Krauleinheiten, mit Ausnahme von Martin, der sich nicht dazu durchringen konnte, den Hund zu berühren. Als Kolumbus das bemerkte, wandte er sich fast beleidigt ab – und ignorierte Martin ab diesem Zeitpunkt gänzlich. Wie menschlich, empfand Insa und hätte ihm am liebsten *recht so, Großer,* zugerufen.

Das Wetter spielte mit. Regelmäßig blitzte die Frühlingssonne durch die Wolken, trotzdem war es kalt.

Linda überraschte Insa ein weiteres Mal. Sie trug eine dunkelblaue warme Jacke zu ausgewaschenen Jeans, das Haar hatte sie zu einem Pferdeschwanz gebunden, der ihr den Rücken hinabfiel. Diese Frisur stand ihr bestens. Sie wirkte jünger, obwohl man ihr das Alter von Mitte vierzig eh nicht ansah. Und sie sprühte über vor guter Laune. »Ich freu mich total! Was für ein Abenteuer!«

Linda war die Erste, die sich nach Aufforderung des Wattführers die Hosenbeine hochkrempelte, Schuhe und Strümpfe auszog und mutig ins Watt stapfte. »Schaut mal, der Boden glitzert sogar an den Stellen, wo die Sonnenstrahlen drauffallen.«

Selbst Insa, die Wattwanderungen kannte, war erneut beeindruckt von dem funktionierenden Ökosystem und der Vielfalt des Lebens, das sich hier ausnahmslos den Gezeiten anpasste.

Linda war sichtlich begeistert. Sie ließ sich ohne Scheu einen Wattwurm in die Hand legen, quietschte vor Vergnügen auf, weil sich eine vom Wattexperten freigelegte Muschel flugs wieder in den Sand einbuddelte und kommentierte: »Die ist ja pfiffig!« Alle weiteren spannenden Informationen des Wattführers über das Weltnaturerbe sog sie gewissenhaft ein.

»Der Boden sieht total lustig aus! Wie Wellen. Das ist ein schönes Gefühl an den Füßen.«

Und als man ihr versicherte, der gerippelte Wattboden massiere die Fußsohlen und rubbele sanft Hornhaut ab, sodass die Füße hinterher seidenweich seien, war sie sichtlich beeindruckt und wackelte mit ihren lackierten Zehen.

Insa konnte es kaum glauben, dass ihre Chefin einen derartigen Spaß hatte, niemals hätte sie das für möglich gehalten.

Sie erkannte jedoch auch etwas ziemlich Bedauerliches. Martin fand an dieser Wanderung keinen Gefallen. Als Kolumbus voller Lebensfreude um sie herumsprang, bekam er ein wenig nassen Sand an die Hose. Mit zwei Fingern zog er die Hose vom Bein und schüttelte das unerwartete Anhängsel mit einem angewiderten Gesichtsausdruck herunter.

Insa schaffte sich in diesem Augenblick eine neue Einstellung. Sie ließ den unwilligen Martin links liegen und genoss mit allen Sinnen das Naturereignis. *Watt soll's*, dachte sie amüsiert.

Aber es stand eine Entscheidung an. Sie hatte das angenehme Gefühl, die tief in ihre Lungen dringende frische Nordseeluft trug dazu bei.

Die Wanderung war so gewählt, dass sie mit einlaufender Flut zurück zum Festland stapften. Die Flut füllte langsam wie von Geisterhand die Priele.

»Was für ein großes, großes Wunder!« Linda stand fassungslos neben dem Wattführer und schaute zurück auf die Gezeitenzone. »Unglaublich. Das Meer kommt und geht. Es ist einfach unfassbar, solche Wassermassen bewegen sich auf diese Art und Weise.«

»Es ist ein beeindruckendes Phänomen«, stimmte Insas Vater zu.

»Nein, Ebbe und Flut sind ein Wunder.« Sie lächelte ihn an. »Danke, Jens, dass ich mitdurfte.«

Er antwortete ehrlich. »Es war Insas Idee.«
Linda drehte sich zu ihr. »Danke, Kollegin.«
Insa schmunzelte in sich hinein. Typisch Linda, sagte sie schon wieder Kollegin …
Sie schrubbelten sich alle den nassen Sand von den Füßen und trockneten sie mit Handtüchern ab, zogen die Socken wieder über und schlüpften in die Schuhe.

Hätte man Insa vor zwei Monaten noch gefragt, ob ihr Anke oder Linda näherstand, hätte sie ohne Zögern sofort Anke benannt, aber die hatte sich gar nicht gerührt.
Linda hingegen hatte von Anfang an Anteil an ihrem Schicksalsschlag genommen.
Manchmal ist das Leben seltsam, philosophierte sie gedanklich. Es ändert sich von einer Minute auf die andere, dass man Schnappatmung bekommen kann.
Urplötzlich verschwinden Menschen sang- und klanglos aus unserem Leben, auf die man große Stücke hält und von denen man denkt, sie stehen unerschütterlich an unserer Seite. Und diejenigen, die man lediglich oberflächlich kennt, helfen verlässlich.

Der Tag entwickelte sich grundlegend anders, als Insa angenommen hatte.
Für die erste Überraschung sorgte ihr Vater. Er verabschiedete sich relativ flott von seiner Tochter und ihrem muffeligen Freund.
»Linda und ich wollen noch ein wenig mit Kolumbus los. Wir sehen uns morgen früh.«
Es folgte ein kurzer Abschied. Insa blickte den

beiden hinterher und sah, wie sich Linda bei ihrem Vater einhakte.
Auf dem Heimweg war Martin Knall auf Fall guter Laune. Wie es ihm vom Arsch in den Birne steigt, dachte sie mit unterdrückter Wut. Oder war es ungerecht ihm gegenüber, zumal er mit seinen Eltern immer nur von Düsseldorf aus in südliche Länder zum Urlauben gejettet war?

Für den Knalleffekt sorgte Insa höchstpersönlich. Sie brauchte Klarheit und nutzte das gemeinsame Abendessen dafür. Als sie beide gemütlich am Tisch saßen, ging sie in die Offensive.

»Wie waren die beiden Tage und meine Touristenführung für dich? Magst du die Gegend hier und die Menschen, die mich umgeben?«

»Naja, ganz nett.«

»Ich wollte dir meine Heimat mit allem Drum und Dran nahebringen.«

»Hast du doch. Aber deine Heimat ist jetzt Düsseldorf.«

»Wie kommst du denn darauf?«

»Du arbeitest dort, ich lebe ebenfalls da. Und haben wir Urlaub, fliegen wir in den warmen Süden.«

»Urlaub hier kannst du dir nicht vorstellen?«

»Nur schwer.« Er sah ihr getroffenes Gesicht. »Ach komm, Insa«, versuchte er es mit Überredung und nahm ihre Hand, »wir werden ein völlig anderes Leben führen als es hier überhaupt möglich wäre.«

Vor ihrem geistigen Auge zogen verschiedene Bilder vorbei. Opa und sein altes Kapitänshaus, ihr Vater, Annie, Kolumbus, die Grimmershörnbucht, das Watt, Schiffe – und auch Arne. Seinen inbrünstig gesprochenen Satz hatte sie auf einmal im Ohr. »Mich kriegt man hier nie weg.«

Sie wusste genau in dieser Sekunde, dass eine Entscheidung fällig war.

»Was würdest du tun«, sagte sie langsam und schaute ihn ernst an, »wenn ich dich bitte, mit mir hierher zu ziehen, um uns ein neues Leben aufzubauen? Es muss ja nicht sofort sein, aber in absehbarer Zeit ... was sagst du dazu?«

♥ 34 ♥

»Never!« Das kam wie aus der Pistole geschossen. »Wie stellst du dir das vor? Was für ein Blödsinn! Wie soll ich denn hier arbeiten – und du?«

»Warum solltest du hier keinen Job finden? Gute Leute werden hier ebenfalls gesucht! Manchmal sollte man etwas wagen ... wie gesagt, es muss nicht sofort sein, ich wollte auch nur wissen, ob du es dir vorstellen könntest.«

»Vergiss es, Insa. Ich wechsele doch nicht aus dem coolen Düsseldorf in dieses Kaff hier.«

Sie schluckte. Innerlich rumorte es, das Wort *Kaff* allein machte sie fuchsteufelswild. Wie respektlos dieser interessanten Hafenstadt gegenüber!

Genau in diesem Augenblick fiel ihre Entscheidung. »Dann, Martin, ist es wohl besser, wir trennen uns und du fährst nach Hause.«

Er stutzte. »Insa, jetzt werde doch vernünftig! Du hast studiert. Was willst du hier? Fische zum Leuchten bringen wie deine Lampionketten auf den Unternehmerfesten?«

Ihre Wut ließ sich nicht mehr verdrängen und sie wurde lauter. »Du tust ja so, als wäre meine Heimatstadt die Pampa.«

»Wenn ich mir das genau überlege ...« Er grinste anzüglich.

Insa sog vernehmlich die Luft ein und stand auf. »Setz dich ins Auto und fahr zurück nach Düsseldorf. Jetzt!«

Martin hielt es immer noch für einen Scherz. »Insa-Mäuschen, sei doch kein Frosch.« Er erhob sich ebenfalls und zog sie an sich. »Jetzt mach hier mal keine Welle. Küss mich!«

Insa wand sich sofort aus seiner Umarmung. »Es ist vorbei, Martin. Mit uns, das wird nichts. Ich brauche jemand, der – um dein Wort Welle einzubauen – mit mir auf gleicher Wellenlänge liegt. Das tust du nicht.«

»Hör mit dem Quatsch auf, Maus, sei vernünftig und ...«

Insa schrie ihn an. »Du hast dich hier benommen wie ein pubertierender, zu jeder Tages- und Nachtzeit nervender Teenager.«

»Das muss ich mir nicht vorwerfen lassen!« Jetzt wurde Martin ebenfalls wütend. Er drehte sich rum, raffte ein paar seiner Sachen und stopfte sie in die Reisetasche, während Insa ihm dabei wortlos zusah.

Martin riss nervös und aggressiv zugleich am Reißverschluss, um die Tasche zu schließen. »Sag mir noch einmal, ich soll gehen, dann bin – ich – weg!«

»Ich – warte – drauf!« Insa drehte ihm den Rücken zu, kaum fähig zu atmen.

»Okay«, hörte sie. In dem kleinen Wort schwang alles mit, was in dieser Situation möglich war. Enttäuschung, Wut, Unverständnis, Jähzorn, Verbitterung, gekränkte Eitelkeit.

Ihre Wohnungstür schloss sich mit einem lauten Knall.

Er war gegangen. Insa hastete zum Fenster und blieb so stehen, dass man sie von außen nicht wahrnahm. Sie sah, wie Martin die Reisetasche wütend ins Auto pfefferte, sich hinters Steuer setzte und einen dämlichen Kavaliersstart hinlegte.

Weg war er.

Unglaublich, sie empfand ein Gefühl der Befreiung und atmete tief durch. Dann jedoch brach sich das Dilemma der letzten Wochen Bahn und sie sank weinend auf die Couch.

Den Rest des Abends verbrachte sie wie in Trance und trank schwarzen Tee mit reichlich Kandis sowie einem üppigen Schuss Rum.

Am kommenden Morgen fand Insa als erstes den Weg zu ihrem Vater. »Moin, Papa, hast du wieder mal einen Augenblick für mich Zeit?«

»Moin und oha! Wie siehst du denn aus?«

»Mitgenommen.«

»Setz dich. Ich bring dir Kaffee.«

Während ihr Vater die Kaffeemaschine in Gang setzte, berichtete sie ihm vom vorherigen Abend.

»Auf der einen Seite tut es mir leid für dich, auf der anderen bin ich etwas erleichtert. Wenn du meinen väterlichen Senf dazu haben möchtest: Ich glaube nicht, dass ihr sonderlich gut zusammen gepasst hättet.«

Insa seufzte laut. »Das denke ich mittlerweile auch.«

»Du bist doch noch ein paar Tage hier. Nimm dir viel Zeit und fälle nach reiflicher Überlegung die Entscheidungen für dein weiteres Leben. Ich treffe mich übrigens heute mit Linda. Möchtest du mitkommen?«

»Das ist lieb, aber danke nein. Ich brauche echt Ruhe.«

»Darf ich dir später Kolumbus überlassen?«

»Ich nehme ihn jetzt schon mit, ja? Ein langer Spaziergang mit ihm ist jetzt genau das Richtige. Komm, Kolumbus.« Der große Hund sprang auf und folgte ihr.

Wieder im Kapitänshaus angekommen, fand sie ihren Weg zu Annie. Als sie öffnete, quetschte sich Kolumbus sofort durch, sauste zu seiner Decke und machte es sich dort bequem.

Björn war bei Annie, jedoch im Aufbruch.

Insa berichtete beiden von dem Zerwürfnis. Björn hatte eine direkte Art, die sie jetzt zu spüren bekam. »Ich denke, du hast Besseres verdient. Der Kerl war charmant wie ein Sack Kartoffeln. Und hierher kommen und dich zur Bestattung allein zu lassen, geht sowieso gar nicht.« Er griff seine Tasche. »Ich muss los.« Annie erhielt einen Kuss und Insa einen aufmunternden Klaps auf den Rücken.

Die nächsten beiden Stunden wälzten die Mädels Beziehungsfragen.

»Letztendlich weiß ich nicht, ob ich ihm die Pistole auf die Brust gesetzt habe und er in diesem Moment überfahren war.«

»Wieso? Du hast nur gefragt, ob er sich das vorstellen könnte. Das ist dein gutes Recht. Es geht doch um dich und deine zukünftige Ausrichtung. Er hat dir ja auch gesagt, wie er das sieht. Insa, du kannst nicht das Leben eines anderen Menschen leben und ein anderer nicht deins. Einer wäre immer unglücklich. Ihr hattet eben nicht die gleiche Wellenlänge. Und besser du merkst das jetzt als zu einer Zeit, wenn es richtig wehtut.«

Das bestärkte Insa in ihrer Einstellung, denn die Sache mit der Wellenlänge, die hatte sie am Vorabend genauso empfunden.

»Ich habe meinen Job vierhundert Kilometer weit weg, mit dem ich meinen Lebensunterhalt verdiene. Ich muss zurück.«

»Insa, ich habe doch längst gemerkt, dass du mit deinem Herzen wieder hier bist. Du liebst die Küste. Das ist unverkennbar! Und du liebst Kolumbus. Es ist dir das letzte Mal schon total schwergefallen, von hier wegzufahren. Wenn ich mit meiner Meinung allerdings auf dem falschen Dampfer rumschippere, sage es!«

Insa blieb für einen Moment stumm. Sie musste die Worte von Annie erst verarbeiten, denn sie hatten punktgenau getroffen.

»Nee, du hast einen Treffer gelandet«, begann sie langsam, »ich möchte viel lieber hierbleiben. So schnell wird sich das allerdings nicht umsetzen lassen.«

»Das macht doch nichts. Der Weg ist das Ziel. Behalt die Spur im Auge. Du wirst sehen, es werden sich Dinge ereignen, die dir in die Hände spielen, wenn du es dir aus tiefstem Herzen wünschst.«

Eigentlich wollte Annie mit ihr und Kolumbus spazieren gehen, aber Insa bemerkte, dass sie angestrengt und müde war.

»Relax ein wenig. Es ist ja nicht mehr lange, bis das Baby da ist. Ob du in der Anfangszeit mit deinem Kleinen viel Ruhe bekommst, wage ich nämlich zu bezweifeln.«

»Gut, dann bleibe ich heute lieber hier.«

»Bevor ich gehe, koche ich dir jetzt einen Tee und du knallst dich auf die Couch.«

»Wow! Ich werde bedient! Das nehme ich gerne an.« Annie legte die Füße hoch. »Schau, die Fußgelenke sind noch dicker geworden.«

»Betrachte ich deinen Bauchumfang, habe ich immer Angst, du könntest platzen«, kicherte Insa.

»Sag so was nicht!«, protestierte Annie. »Ich bin es jetzt leid. Es ist alles beschwerlich geworden. Es ziept und zwackt überall und er liegt mir gut auf der Blase. Dauernd renne ich zur Toilette.«

»Reibst du dich denn gut ein? Ich hab gelesen, dann gibt es kaum oder gar keine Schwangerschaftsstreifen.«

»Klar. Täglich. Ich möchte keinen Schwabberbauch hinterher. Aber guck«, sie zog ihr XXL-Shirt hoch, »da ist kein einziger Hautriss. Alles normal. Gute Pflege eben.« Mit einem lang gezogenen »Aaah« lehnte sie sich zurück.

Insa brachte ihr den Tee. »Ich bin jetzt mit Kolumbus weg.«

»Bevor du gehst, möchte ich dir noch etwas sagen. Arne und ich, wir haben gestern mit deinem Vater gesprochen.«

Insa fühlte einen Stich in der Herzgegend. Jetzt erfuhr sie endlich das Geheimnis der beiden!

♥ 35 ♥

»Wir hielten es für besser, es deinem Vater erst nach der Seebestattung mitzuteilen.«

Insas Herzschlag verdoppelte sich.

»Arne und ich haben länger überlegt. Und ich habe mich jetzt entschieden. Mein Sohn soll den Namen deines Großvaters bekommen. Er wird Henrik heißen.«

Pure Erlösung brach bei Insa durch. Sie kniete sich vor die Couch.

Und mit den Worten »Das ist wunderbar« strich sie sanft über Annies Wölbung. »Willkommen, kleiner Henrik! Das ist eine superschöne Überraschung und ich freue mich total!«

»Dein Vater war auch begeistert. Und ich hatte mir solche Gedanken gemacht, er könne es nicht gutheißen.«

»Aber warum denn?«

»Ich gehöre ja nicht zur Familie.«

Insa wurde ernst. »Doch, Annie, du gehörst zur Familie. Großvater hatte dich gern und hat sich auf dein Baby gefreut. Und ich mag dich ebenfalls sehr. Weißt du, es müssen nicht immer Blutsbande sein,

Herzensbande sind manchmal viel bedeutender.«

»Danke, das hast du schön gesagt.«

In den nächsten Tagen verbrachte sie die Zeit mit Annie, wenn Björn zur Arbeit war. Er hatte Insa darum gebeten. »Es wäre mir echt lieb, wenn du bei ihr wärst. Nicht, dass etwas passiert, die Fruchtblase platzt oder die Geburt doch vorzeitig einsetzt.«

Insa fand es total rührend, wie er sich kümmerte.

Die beiden Mädels verbrachten eine schöne gemeinsame und ruhige Zeit. Sie liefen mit Kolumbus, aber nicht mehr so weit, dafür öfter. Kolumbus schien es egal zu sein, Hauptsache, dabei!

Eigentlich hatte sie gedacht, sie würde Linda häufig sehen, denn sie hatte ja versprochen, ihr die Gegend rund um Cuxhaven zu zeigen. Aber das erledigte nun ihr Vater.

Sie war gespannt, wie Linda das kommentierte, wenn sie beide wieder ihrer Arbeit in Düsseldorf nachgingen.

Kapitän Jens Jakobsen besuchte mit Linda Tante Becky in Wremen. Sie hatte Linda auf der Schifffahrt zu sich eingeladen, da beiderseitige Sympathie vorhanden war. Sie frühstückten bei ihr und blieben bis Mittag.

Danach zeigte Jens ihr den Hafen. »Ganz klein, aber mit Leuchtturm.« Es war Ebbe und einige Fischkutter lagen dort vor Anker.

»Ich bin ein Fan der Gezeiten geworden.« Linda ließ ihren Blick schweifen.

»Hast du Lust auf eine kleine Meer-Pause?«, fragte Jens. »Das Siebhaus hat geöffnet und Insa behauptet steif und fest, hier gäbe es sehr guten hausgebackenen Kuchen.«

»Oh ja! Ich sehe, es gibt Bänke draußen. Dort würde ich gerne sitzen.«

»Wenn dir nicht zu kalt ist. Man lässt sich da schnell blenden. Es sind zwar ein paar Frühlingssonnenstrahlen da, aber der Wind ist schneidend.«

»Ich habe doch eine dicke Jacke mit Kapuze an. Morgen reise ich nach Hause, da lasse ich mir gerne noch den frischen Nordseewind um die Nase wehen.«

»Okay, sitzen wir also draußen. Innen ist eh sehr wenig Platz.«

Sie wurden mit »Moin« herzlich begrüßt und Linda schmetterte ein ebenso freundliches »Moin« zurück.

»Hey«, meinte Jens vergnügt, »du lernst flott.«

»Es gefällt mir einfach.« Sie betrachtete sein Gesicht. Die Falten vertieften sich beim Lachen. Diese wettergegerbte Haut, die markanten Gesichtszüge ... was für ein attraktiver Mann! Und sie würde ihn zu gerne einmal live in seiner Kapitänsuniform sehen ... und gerne ganz ohne ...

Mit Obstkuchen und dampfendem Kaffee saßen sie eine Weile auf den Holzbänken mit Blick auf den Kutterhafen, den kleinen Leuchtturm und die Nordsee. »Insa hat recht. Der Kuchen ist richtig, richtig lecker!«

»Zurzeit ist es hier noch ruhig. Im Sommer findest du dort unten auf dem Platz, wo jetzt einige Autos stehen, viele Buden, wo du Fisch satt bekommst. Dann ist hier ordentlich was los und Wremen verwandelt sich in einen belebten Touristenort.«

»Ich finde es so ruhig sehr schön.« Linda blickte aufs offene Meer. »Oh, schau, da hinten fährt ein

Wahnsinns-Containerschiff.«

»Leider nein, Lindalein, es ist ein Tanker.« Jens amüsierte sich sichtlich.

»Oh. Und woran sieht man das?«

»Er hat so gut wie keine Aufbauten mit Ausnahme der Brücke, er hat also ein flaches Deck, wie du erkennen kannst.«

»Die Container sind wie ein kleines Gebirge auf dem Schiff, logisch. Wie peinlich!«, schämte sich Linda.

Jens winkte ab. »Da mach dir keine Sorgen. Es hätte schlimmer sein können. Ich habe schon Leute kennengelernt, die haben zu diesen Kolossen tatsächlich Boot gesagt.«

»Das beruhigt mich. Aber in Zukunft werde ich sie an der Kontur auseinanderhalten können.« Sie sog tief die frische Meerluft ein. »Hier kann die Seele abhängen, nicht wahr? Irgendwie tankt man Kraft.«

Jens legte seine Hand auf ihre. »Das empfinde ich bei dem Blick aufs Meer immer.«

Ihre Herzen schlugen im Einklang.

Linda empfand seine Berührung als anregend-angenehmen Schauer und die Sehnsucht nach Zärtlichkeit machte sich bemerkbar.

Er zog seine Hand fast verlegen zurück.

Aber Linda nutzte die Chance, die diese kleine Intimität offengelegt hatte.

»Jens, magst du noch ein Glas Sekt mit mir trinken, wenn du mich zum Hotel zurückgebracht hast? In meiner Suite? Ich könnte jetzt eine kalte Flasche für uns bestellen.«

Er war sichtlich überrascht, forschte in ihren Augen. »Sehr gern.«

Der Sekt wartete bereits in einem Kühler. Sie genossen das prickelnde Nass mit Blick auf die Grimmershörnbucht und den lebhaften Schiffsverkehr.

»Ich werde diese Aussicht vermissen«, gestand Linda.

Jens stand nah hinter ihr. »Und ich dich«, sagte er leise.

Sie drehte sich um und sah ihm in die Augen. »Das freut mich.« Und ehe sich Jens versah, stellte sie sich auf die Zehenspitzen und küsste ihn sanft auf den Mund.

Dadurch ermutigt, legte er seine Hände um Lindas Taille und zog sie an sich. Sie spürte seine Kraft, die er ausstrahlte, als er sie fest umarmte.

»Mmh«, murmelte er, »du duftest gut.«

»Gut duftende Frauen sollte ein Mann küssen, wenn die Gelegenheit günstig ist. Ja, jetzt wäre sie es ...« Sie schloss die Augen und bot ihm ihren Mund.

Das ließ er sich nicht zweimal sagen und legte in diesen Kuss all die tiefe Sehnsucht hinein, die er in den letzten Tagen verspürt hatte. Seine Hände wanderten unter ihren Pullover und blieben an ihrem warmen Rücken liegen.

»Mach weiter«, ermunterte sie ihn flüsternd. Weil er einen Moment zögerte, setzte sie leise hinzu: »Wir sind erwachsen, Jens.«

Die folgenden Stunden liebten sie sich intensiv und ausdauernd. Sie konnten gar nicht genug voneinander bekommen.

Es war weit nach Mitternacht, als Jens gehen wollte.

»Bleib bitte!«, bat Linda ihn und zog ihn wieder

zu sich heran. »Ich möchte heute Nacht nicht ohne dich sein, Jens.«

»Das geht nicht. Wir sind hier in Arnes Hotel. Ich möchte nicht, dass er bemerkt ...«

Sie legte ihm ihren Zeigefinger auf die Lippen. »Verstanden. Dann komme ich mit zu dir.«

»Ich habe kein Doppelbett, Linda, meins ist nur eins fünfzig breit.«

»Das reicht doch für uns zwei«, gurrte sie. »Wir können schließlich nett übereinander liegen.« Sie strich mit dem Zeigefinger an seiner Wirbelsäule entlang und registrierte mit Genugtuung, dass dies eine Gänsehaut bei ihm auslöste. »Bitte Jens, nimm mich mit!«

»Zieh dich an.«

»Na, ohne Klamotten wäre ich auch nicht mitgegangen.«

Obwohl sie sich alle Mühe gaben, leise in das Kapitänshaus zu schleichen, knarrten doch die alten Holztreppen.

Kolumbus bemerkte es und lief zur Wohnungstür. Das Klackern seiner Nägel auf dem Holzboden weckte Insa, die verschlafen blinzelte. Die leise Stimme ihres Vaters drang an ihr Ohr. Mit wem sprach er denn? Sie vernahm ein unterdrücktes Kichern.

Okay, jetzt war es passiert. Papa und Linda.

Kolumbus war wohl beruhigt, jedenfalls kam er zurück. Insa rief ihn zu sich.

»Komm zu mir, Großer!« Sie animierte ihn, auf die Couch zu springen und kuschelte sich an ihn. Ich bin wenigstens nicht ganz allein, tröstete sie sich, weiches, warmes Fell ist auch was Schönes.

»Wir zwei beide haben immerhin eine Wellenlänge, was Kolumbus?«, raunte sie an sein Schlappohr, lauschte einige Augenblicke der wohltuend gleichmäßigen Atmung von Kolumbus – und war sofort eingeschlafen.

Bei Annie schien alles ruhig, aber das täuschte, sie und Björn waren noch wach. Spät am Abend war er gekommen und hatte ein Geschenk für sie mitgebracht, das sie nun stolz am Finger trug. Morgen würde sie den Ring Insa zeigen.

Insa erwachte, weil sie fröstelte. Wo war denn die Decke hin? Kolumbus war wohl zu warm geworden, jedenfalls hatte er sie weggestrampelt und sie lag verknubbelt zwischen seinen Hinterläufen. Insa versuchte, sie zu aus seinen Pfoten zu befreien, davon allerdings wurde er wach und sprang vom Sofa. Sie hörte ihn Wasser schlabbern.

»Ein paar Minütchen noch, ja, Kolumbus?«, brummelte sie und zog sich die Decke über die kühlen Schultern. Doch er schien dafür wenig Verständnis zu haben, jedenfalls kam er zu ihr und schleckte ihr einmal kräftig durchs Gesicht.

»Bäh, lass das!«, beschwerte sie sich. Aber nun war sie wach. Nach einer heißen Dusche zog sie sich an, nahm die Leine und wanderte mit ihm los.

Mit kraftvollen Schritten lief sie über den Seedeich und blieb nur stehen, wenn Kolumbus ausgiebig schnüffeln wollte.

Die frische Nordseeluft füllte ihre Lungen. Sie empfand es wie eine innerliche Reinigung. Das war Heimat, es fühlte sich unendlich gut an. Und sie fasste einen Entschluss. Sie würde wieder hierher nach Cuxhaven übersiedeln. Wenn auch nicht sofort, aber doch in absehbarer Zeit. Sie brauchte die Aussicht auf das Meer, die Gezeiten, den Blick auf die vorbeiziehenden Schiffe.

Wo sie hier leben würde? Keine Ahnung. Doch sie konnte sich vorstellen, dass ihr Vater die Wohnung von Großvater für sich herrichtete. Wäre sein Mini-Apartment unter dem Dach für sie eine Option, jedenfalls für den Anfang?

Kurz kam ihr Arne in den Sinn. Leider hatte er sich in den letzten Tagen nicht mehr gemeldet, auch war er nicht bei Annie gewesen. Schade. Sie hätte ihn gerne näher kennengelernt. Aber das Leben war eben kein Wunschkonzert.

Die Sache mit Martin hatte es sicherlich verhindert. Und betrachtete sie es rückwirkend, wäre es umgekehrt gewesen, es hätte sie ebenfalls Abstand nehmen lassen.

Jetzt war sie wieder Single. Keiner wartete oder freute sich auf sie.

Es gab allerdings noch genug Aufregendes. Ein Baby, das sie jetzt schon liebte, würde im nächsten Monat das Licht der Welt erblicken und hatte nunmehr einen Namen. Henrik. Aufgrund der sich erstaunlich gut anfühlenden Zukunftsaussichten lächelte sie in sich hinein.

Außerdem: Hier wartete ja doch ein Kerl auf sie! Der lief nämlich gerade auf vier Pfoten vor ihr her. Ohne ihn – nein, das wollte sie nicht mehr.

Denn irgendwie hatten sie schlicht und einfach die gleiche Wellenlänge.

♥♥♥

Wie geht es weiter?

Kann Insa die Entscheidung, in ihre Heimatstadt Cuxhaven zurückzugehen, schnell umsetzen?

Wie ergeht es der jungen Mami Annie mit ihrem kleinen Sohn Henrik – und festigt sich die Beziehung zu Björn? Oder ist die Tatsache, dass er nicht der Vater des Kindes ist, letztendlich ein Killerkriterium?

Gibt Martin so einfach auf? Ist er am Ende doch noch kompromissfähig?

Was wird aus Linda und Kapitän Jens Jakobsen? War es nur ein One-Night-Stand?

Und da war ja auch noch Annies Bruder Arne …

Die Antworten gibt es im 2. Teil

Fest verankert

SYLVIA FILZ
SIGRID KONOPATZKI
Fest verankert
Meereszeiten
Roman

Und wer die beiden couragierten Seniorinnen Rose und Rabea mag, findet in „Nachbarn inklusive" ihre ausführliche Geschichte.

Es gibt von uns noch weitere
♥-Geschichten
mit viel Gefühl, Liebe und Happy End.

Infos dazu gibt es auf unserer
Homepage

www.sylvia-und-sigrid.de

und bei Amazon

38637751R00141

Printed in Poland
by Amazon Fulfillment
Poland Sp. z o.o., Wrocław